舞台

文豪ストレイドッグス

Bungo Stray Dogs on Stage

黒の時代

SCENARIO AND INTERVIEW BOOK

織田作之助

Oda Sakunosuke

太宰治

Dazai Osamu

坂口安吾

Sakaguchi Ango

舞台　文豪ストレイドッグス　黒の時代

SCENARIO AND INTERVIEW BOOK

作／舞台「文豪ストレイドッグス　黒の時代」製作委員会

著／御笠ノ忠次

原作／朝霧カフカ

編／角川ビーンズ文庫編集部

21697

角川ビーンズ文庫

本書に収録されている脚本は、上演前の最終稿です。

本舞台は脚本ができあがったあとに、キャストや演出家ら制作陣が稽古を通じ、作品をよりよく創り上げていく過程を経て上演されたものです。

その点、ご理解頂けますようお願い申し上げます。

目次

宣伝美術協力／Gene & Fred
衣裳写真撮影／島本絵梨佳

脚本

舞台 文豪ストレイドッグス 黒の時代

公 演 情 報

東京公演

2018年9月22日(土)～10月8日(月・祝)
サンシャイン劇場

大阪公演

2018年10月13日(土)～14日(日)
森ノ宮ピロティホール

舞台《ぶたい》『文豪《ぶんごう》ストレイドッグス 黒の時代』

第三稿《こう》

御笠ノ忠次《みかさのちゅうじ》

《登場人物》

織田作之助《おださくのすけ》　谷口賢志《たにぐちまさし》
太宰治《だざいおさむ》　多和田秀弥《たわだひでや》
坂口安吾《さかぐちあんご》　荒木宏文《あらきひろふみ》

ジイド　林野健志《はやしのたけし》

森鷗外《もりおうがい》　窪寺昭《くぼでらあきら》

エリス　大渕野々花《おおぶちののか》

広津柳浪《ひろつりゅうろう》　加藤《かとう》ひろたか

種田山頭火《たねださんとうか》　熊野利哉《くまのとしや》

江戸川乱歩《えどがわらんぽ》　長江崚行《ながえりょうき》

【プロローグ】

客席に迷い込んでくる乱歩。

江戸川乱歩「あ〜早く探偵《たんてい》社に戻《もど》って駄菓子《だがし》を補給しなければ。糖分が足りないと頭が上手く働かないし塩分が足りないと人は死んでしまうからね…ってうわあ！」

転ぶ乱歩。

散乱した荷物を拾いながら、

江戸川乱歩「ああ、いけないいけない。大事なものを預かってるのに…」

視線に気がつく乱歩。

江戸川乱歩「僕に注目しているね。お目が高い！　僕は世界最高峰《さいこうほう》の名探偵《めいたんてい》江戸川乱歩！　だけど今は世を忍《しの》ぶ仮の姿、社長に頼まれたお使いの真っ最中さ！　とっても不本意だけど僕にしか頼《たの》めないって言われたらやるしかないよね！」

乱歩は落ちている道具を拾いながら、

江戸川乱歩「なんてことを宣言している場合じゃなかった。ああ、社長から貰《もら》った探偵道具が…」

スマホを拾って眺《なが》めている。

江戸川乱歩「…これは便利だけどとても危険な道具なんだ。電源を切っておかないと静かな時間に突然《とつぜん》鳴ったり震《ふる》え出したりして周囲から冷たい視線を浴びることになる。ほら、みんなも出して。電源を切るなら今だよ」

お客さんが電源を切るのを見て満足そうに、

江戸川乱歩「うん、良い子達だね。ん？　ちょっと待って」

眼鏡を拾う乱歩。

江戸川乱歩「…君達、僕の推理によればこれから〇〇分、トイレに行けなくなるだろうから行くなら今の内だよ。信じた方が良いよ。僕の推理は外れないからね」

お客さんの反応を見て、

江戸川乱歩「うん、良い子達だね。ついでに言うと写真機を使ったり録音機を使ったりするのも駄目《だめ》だからね。それじゃあ、僕はそろそろ失礼するよ…」

乱歩は黒い封筒《ふうとう》を落としていたことに気がつく。

江戸川乱歩「危ない危ない。一番大事なものを失くすところだった」

乱歩が黒い封筒を見つめる。

江戸川乱歩「これが何かって？　異能開業許可証って言ってね、合法的に異能を使う為《ため》に必要なものなんだ。内務省異能特務課の管理でね。なかなか発行されるものじゃない。探偵社にとっては何より大事なものなんだ。なぜそれを僕が持っているのかって？　理由は二つあげられる。一つは、今、この横浜はマフィアと謎《なぞ》の組織の抗争《こうそう》が行われていて情勢が不安定なんだ。マフィアにとってこの異能開業許可証は喉《のど》から手が出るほど欲しいものだから、どさくさに紛《まぎ》れて奪《うば》われる可能性も考えられるってわけ。だからこうして僕が持ち歩いて管理してるのさ。わかった？　で、僕がこれを持っているもう一つの理由。こっちの方が重要なんだけど…それは…僕が探偵社で一番優秀《ゆうしゅう》、否、世界で一番優秀な探偵だからに決まってるじゃないか！　他の誰《だれ》よりも！　世界中のどのような金庫やセキュリティよりも！　僕が肌身《はだみ》離《はな》さず持っていた方が安全というわけだよ！」

高笑いする乱歩。
ふと冷静になり時計を見て、

江戸川乱歩「いけないいけない、そろそろ行かないと。じゃあ、音の出る機器やトイレは大丈夫《だいじょうぶ》だね？　それじゃあまたね」

乱歩は歩きながら、

江戸川乱歩「遅《おく》れそうだし電車で行くとするか…ん？　なに？　失敬だな、電車くらい一人で乗れるに決まってるじゃないか。え〜と、確か…切符《きっぷ》を買って改札をくぐり、東京に向かう方が上りで…いや、京都に向かう方が上りだったかな…とにかくまずはあの改札ってやつをピンポーンって鳴らさないための戦略を練らなきゃ…」

乱歩がいなくなる。

【1】BARルパン

闇《やみ》。

氷とグラスがぶつかる音。

ぼんやりと暖色の灯がともる。

アルトサックスの音色が微《かす》かに聴こえている。

太宰がカウンター席に座り、酒杯《しゅはい》を玩《もてあそ》んでいる。

太宰「…」

マスターが静かにグラスを磨《みが》いている。

ドアの開く音。

織田作「…」

織田作が立っている。

太宰が振《ふ》り返り、

太宰「やァ、織田作」

織田作「…太宰」

織田作は太宰の隣《となり》に座る。

マスターがウイスキーの入ったグラスを織田作の前に置く。

織田作はウイスキーを一口飲む。

JAZZが聴こえている。

太宰はグラスを玩んでいる。

太宰「世の中の大抵《たいてい》のことは、失敗するより成功するほうが難しい」

織田作「…」

太宰「だから…私は自殺ではなく、自殺未遂《みすい》を志すべきなのだ。自殺に成功するのは難しいが、自殺未遂に失敗するのは比較的《ひかくてき》容易い筈《はず》だ。そうだろう？」

織田作「…確かに」

太宰「早速試そう。マスター、メニューに洗剤《せんざい》ある？」

マスター「ありません」

太宰「洗剤のソーダ割りは？」

マスター「ありません」
太宰「ないのかあ…なら仕方がないな」
織田作「…」

織田作はウイスキーを一口飲む。

織田作「また傷が増えたな」
太宰「増えたねえ」
織田作「脚《あし》は？」
太宰「『不意の怪我《けが》をしないために』っていう本を歩きながら読んでいたら排水溝《はいすいこう》に落ちた」
織田作「腕《うで》は？」
太宰「車で峠《とうげ》をぶっ飛ばしていて崖《がけ》から落ちた」
織田作「額は？」
太宰「『豆腐《とうふ》の角で頭をぶつけて死ぬ』という自殺法を試した」
織田作「豆腐で怪我したのか？」

太宰「豆腐を堅《かた》くするため独自の製法を編み出したのだよ。おかげで釘《くぎ》を打てるほど堅くなったし、誰《だれ》よりも豆腐の製法に詳《くわ》しくなった」

織田作「…美味いのか？」

太宰「悔《くや》しいことに」

織田作「…今度食べさせてくれ」

織田作はウイスキーを一口飲む。

安吾「（ＯＦＦ）織田作さん…今のそれ、突《つ》っ込む所ですよ」

安吾がやって来る。

安吾「織田作さんは太宰君に甘いんです。金槌《かなづち》で後頭部を叩《たた》いて突っ込むくらいでないと収拾がつかなくなりますよ。ご覧なさい、バー全体がツッコミ不在の亜《あ》空間と化している」

太宰「やあ安吾！　元気そうじゃあないか」
安吾「元気なものですか。出張からたった今帰ってきたばかりなんです。古新聞みたいにくたくたです」

安吾がスツールに座る。

太宰「いいなァ出張。私も遊びに行きたい」
安吾「マフィア全員が貴方《あなた》のように暇潰《ひまつぶ》しで生きている訳ではないのですよ太宰君」
太宰「私に言わせればね安吾、この世に存在する凡《すべ》てのものは死ぬまでの間の暇潰し道具だよ」

マスターが安吾の前にトマトジュースの入ったグラスを置く。

それぞれ無言で軽くグラスを上げる。

ＪＡＺＺが聴こえている。

時間が経過する。

安吾「ところで、今日は何かの会合ですか？」
織田作「偶然《ぐうぜん》ここに来たら太宰が居ただけだ」
太宰「そう？　私は今夜ここに来たら君達二人に会えるような気がしてね」
安吾「僕達に用事があったのですか？」
太宰「別にないよ。ただ、そうしたらいつもの夜になるかな、と思ったださ。それだけ」

織田作と安吾はそれぞれグラスに口をつける。

ＪＡＺＺが聴こえている。

時間が経過する。

太宰はグラスを爪《つめ》で弾《はじ》く。

太宰「そう云《い》えば織田作の仕事の話ってあまり聞かないなあ」
織田作「単に語る価値がないだけだ」
太宰「まあたそうやって隠《かく》す。次の仕事、一緒《いっしょ》に連れていってよ。
邪魔《じゃま》しないからさ」
安吾「太宰君、他人の仕事に顔を突っ込む前に、何か趣味《しゅみ》を持ったらどうです？　自殺未遂よりもう少し健康的な奴《やつ》を」
太宰「趣味って云ったってさあ、チェスや碁《ご》は簡単すぎてつまらないし…何かある？」
安吾「スポーツとか」
太宰「私疲《つか》れるの嫌《きら》い」
安吾「学問は？」
太宰「面倒《めんどう》だなあ」

安吾「では料理…いえ、何でもありません」

　安吾が口元を押さえる。

太宰「そうだ。新しいレシピを開発したのだよ。今度試食してくれないかな？　名付けて『超人《ちょうじん》スタミナ鍋《なべ》』。食べると何時間走っても疲れない、夢の…」

安吾「絶対に厭《いや》です」

織田作「疲れないのなら仕事の前には良さそうだな」

安吾「…織田作さん、それです。貴方が突っ込まないから太宰君が暴走するんです」

織田作「……マスター、金槌はあるか？」

マスター「ありません」

織田作「…ないのか」

太宰「ないなら仕方ないねえ」

マスター「探して来ます」

マスターがいなくなる。

安吾「ああ…仕事帰りに早速頭が痛い…」

安吾がうなだれる。

織田作「働きすぎだ安吾」

太宰「働きすぎだね」

安吾「そのようです。どうも僕はここで無償《むしょう》残業をしているようだ。
今日は失礼しますよ」

太宰「何だ、帰っちゃうの？」

安吾「正直なところ…ここに来て貴方がた二人と酒を飲んでいると、
自分が黒社会で非合法な仕事にたずさわっている事を忘れそうになるのです」

安吾は自分の荷物を手に取って立ち上がる。

太宰は安吾が写真機を持っていることに気がつき、

太宰「お？　いいものを持ってるじゃないか」
安吾「これのことですか？」
太宰「そうだ、写真を撮《と》ろうよ。記念にさ」
織田作「何の記念だ？」
太宰「三人がここに集まった記念」
織田作「いつものことだろう？」
太宰「いいじゃないか。ね？　安吾」
安吾「幹部殿《どの》の仰《おお》せのままに」

安吾がセルフタイマーをセットする。

三人が並ぶ。

織田作「太宰、何故《なぜ》急に写真なんだ?」
太宰「今撮っておかないと、我々がこうやって集まったという事実を残すものが何もなくなるような気がしたんだよ。何となくね」
安吾「ほら、そろそろですよ」
三人がカメラの方を向く。
フラッシュが焚《た》かれる。
静止している三人。
織田作「…」
織田作が一歩前に出る。

太宰と安吾はいつの間にかいなくなっている。

織田作「その通りになった。その日が、私達の間にある目に見えない何か——失った後の空白によって存在を知ることができる何かを、写真に残すことのできる最後の機会だった。私達がその酒場で写真を撮る機会は二度と来なかった。三人のうち一人が、その後まもなく死んだからだ」

オープニング。

【2】ポートマフィア武器庫

夜。

霧笛《むてき》の音。

ポートマフィアの構成員が二人、立番している。

巡回《じゅんかい》していた構成員Aが戻《もど》ってくる。

構成員A「おう」
構成員B「異常は？」
構成員A「特に無し」
構成員B「だろうな」

構成員A「ポートマフィアの倉庫を狙《ねら》おうなんて奴《やつ》が、この横浜にいるわけねぇもんな」
構成員B「まあな」
構成員Aは煙草《たばこ》を咥《くわ》え、Bはライターで火を付けようとする。
構成員C「…おい」
構成員Cが異変に気がつく。
すり切れた頭陀袋《ずだぶくろ》を被《かぶ》り、薄汚《うすよご》れた幌布を外套《がいとう》代わりに着た男達が現れる。
男達は奇妙《きみょう》に整然とした動きで倉庫に近づいて来る。
構成員A「なにもんだテメーらぁ！」

男達から返答は無い。

構成員達が銃《じゅう》を構える。

構成員Cの背後にジイドが現れ、ナイフで首を掻《か》き切る。

絶命する構成員C。

構成員B「…な」

ジイドはいつの間にか構成員Bの懐《ふところ》に入り込んでいる。

ジイド「…無駄《むだ》だ」

ジイドが構成員Bをナイフで突《つ》き刺《さ》す。

構成員Bが絶命する。

構成員A「この野郎《やろう》！」

ジイドに銃を向ける構成員A。

ジイドはいつの間にか構成員Aの背後に回り込んでいる。

ジイド「…無駄だと言っている」

ジイドがナイフを一閃《いっせん》する。

構成員A「そんな…どうやって…まさか…異能者」

構成員Aが倒《たお》れる。

頭陀袋の男達がジイドの前に整列する。

ジイド「…武器を運べ」

男達が頷《うなず》き、いなくなる。

ジイド「…横浜か…我らの魂《たましい》を解き放つものは…何処《どこ》に」

ジイドがいなくなる。

× × ×

朝。

広津と、数名の構成員が遺体を検分している。

広津「…」

遺体を見つめている広津。

広津「…家族が居たか調べよ。居れば私から説明する」

広津は懐から金時計を取り出し、時刻を確かめる。

広津「間もなく幹部がお着きになる。それ迄《まで》に被害《ひがい》の様相を纏《まと》めて…」

言い終わる前に、太宰が現れる。

太宰「おっはよー皆《みな》さーん」

緊張《きんちょう》し、胸に手を掲《かか》げて最敬礼をする構成員達。

広津「太宰殿《どの》」
太宰「待ってね今、この難関面をクリアする所だから——あ、拙《まず》い、抜《ぬ》かれた！　喰らえ爆撃《ばくげき》！　げえ、避《よ》けられた！」
歩きながら、小型の携帯電子盤《ゲエム》と格闘《かくとう》する太宰。
太宰「ああもう、この面を幾《いく》らやっても突破《とっぱ》できないのだよ！　この急勾配《カーヴ》が曲者でね、ここを潜《くぐ》る時に何時《いつ》も——ああ、また抜かれた！」
広津「太宰殿、ご足労、恐縮《きょうしゅく》です。武器庫警備の者が討たれました。状況《じょうきょう》ですが——」
太宰「じゃ見てみるよ。これお願い」
広津「は」
突然《とつぜん》携帯電子盤を渡《わた》されて、広津の表情が固まる。

太宰「中盤《ちゅうばん》コースの直線でタイミングよく加速装具《アイテム》を消費《つか》うのがコツだよ」

広津「──む、こ、これはどのように釦《ボタン》を押せば」

大破し、ゲームオーバーの電子音が聞こえてくる。

広津「面目次第も御座《ござ》いません……」

太宰は遺体を見つめ、

太宰「マフィアの武器庫を狙《ねら》うなんて命知らずは久方ぶりだね。襲《しゅう》撃《げき》者の映像は？」

広津が頷き、構成員が映像を映す。

昨晩の襲撃の映像が流れる。

太宰「兵だね。それも相当訓練された。ぱっと見たところは唯《ただ》の放浪者だけど、それぞれが死角を消している……止めて」

構成員が映像を止める。

太宰「銃《じゅう》を拡大」

襲撃者の銃が拡大される。

太宰「広津さん、この銃判る？」

広津「古い型式ですな。相当古い。銃身《じゅうしん》と細い発射口からしてグラオガイストとも呼称《こしょう》された欧州《おうしゅう》の旧式拳銃《けんじゅう》のようですが」

太宰「…グラオガイスト、灰色の幽霊《ゆうれい》か」

沈思黙考《ちんしもっこう》する太宰。

太宰「広津さん。奴等《やつら》が襲《おそ》ったのは唯の武器庫じゃない。ポートマフィアの武器庫だ。警備も厳重だし、許可のないものが近くに寄っただけで警報が鳴るようになっている。敵はそれを易々と無効化し、しかも正規の暗証番号で中に侵入《しんにゅう》している。この番号は準幹部級の人間しか知らない。敵はどうやってそんな機密情報を手に入れたのだろうね？」

広津「まさか…内部に裏切り者が？」

太宰「…この一帯は会戦地になるよ。そこら中で火柱があがる。紅く焼け焦《こ》げた空が見えるようだ」

空を見上げ、薄《うす》く笑う太宰。

【3】ポートマフィア首領 執務《しつむ》室

音楽が流れ、エリスが現れる。

音楽に合わせて可憐《かれん》に踊《おど》るエリス。

鷗外が現れ、共に踊っているような、追いかけ合いをしているような不思議な時間。

織田作がやって来る。

エリスと鷗外は織田作に気がつかず、いなくなる。

織田作「織田です。這入《はい》ります」

誰《だれ》もいない。

織田作「……？」

エリスが駆《か》けてくる。

ドレスを持った鷗外が追いかけてくる。

森鷗外「ねえエリスちゃん、ドレス着てよう、一瞬《いっしゅん》、ちょこっと！　一秒さっと着るだけ！　高価《たか》かったのだよ、そのスカァトは」

エリス「いやよ、絶対いや」

森鷗外「ねえお願いだよエリスちゃん、着てみて、ね？　私が丹誠《たんせい》込めて選んだのだよ。ご覧よこの深紅のフリル！　まるで花弁のようだ、絶対に似合うよ！」

エリス「綺麗《きれい》なお洋服はいやじゃない。リンタロウの必死さがいや」

森鷗外「何時《いっ》もの事じゃあないか、ほら追い詰《つ》めたぞお！」

鷗外がエリスを摑《つか》まえようとする。

織田作は咳払《せきばら》いをし、

織田作「…首領」

二人がようやく織田作に気がつく。

織田作「…召集《しょうしゅう》の用件は何でしょう」
森鷗外「えっと…何だっけ？」
エリス「しらない！」

去って行くエリス。

妙《みょう》な沈黙《ちんもく》。

　鷗外はガラリと態度を変え、

森鷗外「——却説《さて》…織田君。君を呼んだのは他でもない」
織田作「はい」
森鷗外「……君は他人から、『もっと突《つ》っ込め』と云《い》われた事は無いかね」
織田作「よく有ります」
森鷗外「…兎《と》に角、君はたった今此所《ここ》に来た。何も見ていない。善いね？」
織田作「はい。私はたった今此所に来ました。首領には、幼女を追い回しているのを中断して頂き、私の対応をして頂きました。有り難うございます。ご用件は何でしょう」
森鷗外「…嘗《かつ》て太宰君が云っていたな。『織田作は他意と云うものが存在しない男で慣れるまでは大変だけど、慣れると寧《むし》ろ癒《い》やされる』と…今少し意味が判った」

織田作「…」

鷗外は葉巻を一本取り出し、吸うでもなく玩《もてあそ》ぶ。

森鷗外「人捜《さが》しを頼《たの》みたい」
織田作「人捜し、ですか」
森鷗外「行方《ゆくえ》不明になったのは、情報員の坂口安吾君だ」
織田作「…」
森鷗外「流石《さすが》に冷静だね。ここで狼狽《うろた》えるようなら捜索《そうさく》係には不向きかとも思ったが…佳《よ》いだろう、説明を続けるよ。安吾君が消息を絶ったのは昨日の夜。自ら姿を消したのか、或《ある》いは何者かに拐《かどわ》かされたのかは未だ判っていない」
織田作「…」
森鷗外「知っての通り、安吾君はマフィアの情報員だ。彼の頭の中には、マフィアに関する極上の秘密がぎっしり詰まっている。

それらの情報は他の組織に売れば一財産だし、組織のアキレス腱《けん》を残らずぶつぶつに切ってから我々に火をつけることも出来る。それが無かったとしても、安吾君は優秀《ゆうしゅう》で大事な私の部下だ。何かあったならば助けたい。私の気持が判るだろう？」

鷗外は紙に羽ペンで何かを記している。

森鷗外「『織田作之助　右の者 泰然自若《ニル・アドミラリイ》なる所作にて紛々《ふんぷん》たる万事、破竹の如《ごと》くせしむる也　容喙《ようかい》なく即《すなわ》ち扶《たす》くる可《べし》　鷗外』これを見せれば、組織内では何かと便宜《べんぎ》が図られるだろう。持っていくといい」

織田作は紙を受け取る。

織田作「…」
森鷗外「善き便りを期待しているよ」

一礼し、去ろうとする織田作。

森鷗外「織田君」
織田作「…?」
森鷗外「君は人を殺した事が一度もない、と云う噂《うわさ》だが」
織田作「…」
森鷗外「何故《なぜ》かね?」
織田作「……その質問は、組織の長としての命令ですか」
森鷗外「いいや。私個人が発した、単純な興味だよ」
織田作「では答えたくありません」

鷗外は一瞬きょとんとした後、微笑《ほほえ》む。

森鷗外「そうかね。では行き給え。善い報告を期待しているよ」

鷗外がいなくなる。

【4】安吾の部屋

織田作「首領に宜《よろ》しく頼み込まれ、私は安吾の足跡を追うことになった。しかし目下、私には何のヒントもない。マフィアの情報員を追うのは、逃《に》げ出した飼《か》い猫《ねこ》を捜索するのとは訳が違《ちが》う。猫が姿を消したら、近所の餌場《えさば》を張り込めばいい。だが安吾の餌場など推測のしようがない。仕方なく私は、ある仮説を立てた。安吾消失の原因は二通りの可能性がある。自ら望んで姿を消したか、誰《だれ》かに連れ去られたか。もし前者であれば、私にはどうしようもない。安吾は親に反抗《はんこう》したがるティーンエイジャーではないのだ。その気になれば足跡のつかない金を数百万用意できるし、それだけあれば地球の裏の遊牧民族のキャンプ地まで逃げることもできる。よってこの仮説は排除《はいじょ》だ。もうひとつは、安吾が何者かによって強制的に移動させられている可能性。首領が推測する通り、敵対組織が安吾の頭の中の情報を狙った、というのが最もありそうな顛末《てんまつ》に思える。そうなれば、安吾が密かに何か手懸《てが》かりを残していることを期待したくなる。それで私は手始めに、安吾の自宅を訪ねる事にした」

部屋の中を物色する織田作。

織田作「…」

織田作は小さな金庫を見つける。

織田作「…」

金庫を開けようとする織田作。

織田作「！」

鼓動《こどう》音が響《ひび》く。

世界が灰色に変わる。

織田作「！」

織田作は素早く身を伏《ふ》せる。

世界が元に戻《もど》る。

銃声《じゅうせい》が鳴り響く。

ガラスの割れる音。

織田作「…スナイパーか」

襤褸《ぼろ》を纏《まと》った男が現れる。

手にはナイフ。

男が襲《おそ》いかかってくる。

織田作は銃《じゅう》を抜《ぬ》き、男の足元を狙《ねら》って撃《う》つ。

男の動きが止まる。

織田作「…」

織田作は男の眉間《みけん》に照準を合わせる。

男が織田作に斬《き》りかかる。

織田作「！」

飛び退いて躱《かわ》す織田作。

男は何度も斬りかかる。

織田作「…狙いはこの金庫か！」

一瞬《いっしゅん》、世界が灰色になる。

織田作「！」

織田作が回転して避《よ》ける。

銃声が響き、襤褸を纏った二人目の男が現れる。

二人目の男が織田作目がけて撃つ。

織田作は避けながら威嚇射撃《いかくしゃげき》をする。

二人目の男が身を隠《かく》す。

ナイフの男が織田作に迫《せま》る。

織田作は拳銃《けんじゅう》でナイフを受け止める。

足払《あしばら》いでナイフの男を転ばす。

金庫を捨て、もう一方の銃を抜く織田作。

織田作はナイフの男の鼻先に銃を突《つ》きつける。

織田作「…」

織田作は引き金を引かない。

二人目の男が銃を構えながら現れる。

二人目の男にも銃を向ける織田作。

織田作「…」

織田作は引き金を引かない。

太宰が現れる。

太宰「織田作！　屈《かが》め！」

織田作が身を伏せる。

ポートマフィアの構成員達が現れ、銃を乱射する。

襤褸を纏った男達が倒《たお》れる。

構成員達が太宰に頭を下げ、去って行く。

太宰「全く困った男だなあ。君がその気になれば、こいつらなんかひと呼吸のあいだに殺せるだろうに」

太宰が織田作に手を貸す。

立ち上がる織田作。

織田作「殺したのか？」

太宰「相手は戦闘《せんとう》の専門家《プロ》だ。いくら君でも、殺さないなんて無理だよ」

織田作「…」

遺体を見つめる織田作。

太宰「…君の主義を曲げて、済まないと思ってる」

織田作「…いや、お前が助けに来なければ死んでいた」

太宰「織田作之助。何があろうと絶対に人を殺さない信条を持つ奇《き》妙《みよう》なマフィア。その面倒《めんどう》な信念のせいで使い走りみたいに扱われるのだよ、織田作。あれだけの腕《うで》があるのに――」

織田作「その手の苦情はもう何万回も承っている。それよりこの襲撃者だ」

太宰は落ちている拳銃を拾う。

太宰「こいつは随分《ずいぶん》古い欧州《おうしゅう》の拳銃でね。おそらくは彼等にとって徽章《エンブレム》のようなものなのだろう。自分たちの存在を示す為《ため》の」
織田作「何者なんだ？」
太宰「ミミック。どうやら欧州の犯罪組織らしい。ま、詳《くわ》しい事は調査中だよ」
織田作「連中の狙いはこの金庫だ。鍵《かぎ》がなくて開かないが中身が判れば、何かの手懸《てが》かりに――」

ミミックの一人が起き上がって太宰に銃《じゅう》を向ける。

織田作「太宰！」
ミミックA「動クナ…」
太宰「おやおや。あれだけ撃《う》たれて立ち上がるなんて、驚異《きょうい》的な精神力だね」
織田作「…」

織田作は銃を抜《ぬ》く隙《すき》を伺《うかが》う。

太宰「君達の組織の名はミミックだ。そうだろう？」

ミミックA「…」

太宰「答えを期待しちゃあいない。実際のところ、私は君達を敬畏しているのだよ。これほど真正面からマフィアにぶつかってくる組織はなかった。そして私のすぐ目の前に、これほど殺意ある銃口《じゅうこう》を向ける事に成功した者も居なかった」

太宰は襲撃《しゅうげき》者のほうを向き、歩き出す。

織田作「太宰、よせ」

太宰「私の目の中の感激が君にも見えることを願うよ。君が指をほんの少し曲げるだけで、私が最も待ち焦《こ》がれたものが訪れる。私の唯一《ゆいいつ》の懼《おそ》れは、君が狙《ねら》いを外すことだ」

太宰は微笑《ほほえ》みながら、襲撃者に向けて近付いていく。

マフィア構成員達が現れ、ミミックAめがけて銃を構える。

太宰「狙うべきは心臓か頭。お勧《すす》めは頭だ。好機《チャンス》は一発きり。二発目を許すほど、私の同僚《どうりよう》達は柔《やわ》じゃない」

太宰は自分の額、眉間《みけん》のすぐ上を指でとんとんと叩《たた》く。

太宰「さあ撃て。ここだ。この距離《きより》なら大丈夫《だいじようぶ》さ。撃っても撃たなくても、君は殺される。なら最後に敵幹部を葬《ほうむ》ってみせろ」
織田作「太宰！」
太宰「頼《たの》むよ。私を一緒《いつしよ》に連れて行ってくれ。この酸化する世界の夢から醒《さ》めさせてくれ。さあ、さあ、さあ」

太宰は自分の額を指差したまま、安らぎすら感じる笑みで近付いていく。

ミミックA「…！」

ミミックAは唇《くちびる》を噛《か》み、指に力を籠《こ》める。

織田作「！」

織田作とミミックAが、ほぼ同時に撃つ。

腕を撃ち抜かれたミミックAが衝撃《しょうげき》で回転する。

至近距離から額を撃たれた太宰が大きくのけぞる。

ミミックAに向けて、マフィア構成員達が一斉《いっせい》に銃弾《じゅうだん》を浴びせる。

のけぞった太宰は二、三歩後退し、ぴたりと止まる。

太宰「…………残念だよ…また死ねなかった」

織田作「…」

織田作が太宰に近づいて行く。

世界が灰色になる。

※274頁参照
織田作が太宰を殴り飛ばす。

闇《やみ》が訪れ、世界が元通りになっている。

織田作が太宰に触《ふ》れ、側頭部の傷の具合を確認する。

太宰「悪いね、吃驚《びっくり》させて」

太宰は側頭部の傷を指で確かめながら笑う。

織田作「…太宰」

咎《とが》めるような視線で太宰を見つめる織田作。

太宰は視線をそらすように金庫に向かって行く。

太宰「さてと、敵は何を狙っていたのかな」

太宰がピンを使って金庫の鍵《かぎ》を開ける。

太宰「はい開いた」

微笑む太宰。

太宰「さて、中身は何かな？」

金庫の中に入っていたのは灰色の旧式拳銃《けんじゅう》。

沈黙《ちんもく》。

織田作「…どういうことだ？」

太宰「…」

太宰は何も答えない。

【5】洋食屋

織田作「それから雨が降り、雨がやんだ。私は手懸《てが》かりを求めて街を彷徨《さまよ》った。刻一刻と両手から大事なものがこぼれ落ちていくような気がしたが、失われているのが何なのかを見ることはできなかった。重要なものほど目に見えない。特に失われる時は。安吾は何故《なぜ》失踪《しっそう》したのか。私は存在しない希望を求めて横浜の街を彷徨い続けた。ミミック出現とほぼ同時期の失踪、金庫の中の拳銃……坂口安吾はミミックのスパイ…そう考えれば全ての筋は通る。ミミックがマフィアの内情を探るため、安吾を…」

織田作はカレーを食べている。

店主が現れる。

店主「織田作ちゃん、難しい顔してるねえ。便秘かい？」

織田作「もし俺が今便秘なら、カレーのような刺激物《しげきぶつ》を食べるのは避《さ》ける」

店主「…織田作ちゃん、カレー食べてる時にそういう話題されて怒《おこ》らないの？」

織田作「怒るべきだろうか？」

店主「いや…判んないけど」

織田作は少し考えた後に真顔で、

織田作「こらー」

沈黙。

店主「無理しなくていいんだよ織田作ちゃん」
織田作「…」

織田作はカレーを食べ終える。

店主は珈琲《コーヒー》を出しながら、

店主「味はどうだい？」
織田作「いつも通りだ」

満足そうに珈琲を飲む織田作。

織田作「子供たちの様子は？」
店主「相変わらずだよ。小型ギャングさ。五人だからまだ何とかなってるけど、もう五人増えたら銀行の襲撃《しゅうげき》だってできそうだね…お？　言ってるそばから…」

二階から子供達が降りてくる音が聞こえてくる。

織田作「よう、お前ら、元気か？」

子供達が織田作に何かを言っている。

織田作「そうか。あんまり無茶をして親父《おやじ》さんに迷惑《めいわく》かけるんじゃ……ん？」

子供達を数える織田作。
四人しかいないことに気がつく。

織田作「…四人しか…！」

背後から飛びつかれ、首を絞《し》められる織田作。

織田作「背後から忍《しの》び寄って急所を狙《ねら》う……やるじゃないか……！」

織田作の四肢《しし》に飛びかかる子供達。

織田作「……ほう、両手両足の動きを封《ふう》じて自由を奪《うば》う作戦か。やり方が随分巧妙《ずいぶんこうみょう》になってきたな、悪くない。悪くないが！」

全員を振《ふ》りほどく織田作。

織田作「おじさんをなめるなよ」

織田作はデコピン、カンチョー、くすぐり、しっぺを繰《く》り出し、四人を倒《たお》す。

織田作「首謀者《しゅぼうしゃ》はお前だな？　お前にはマフィア流の拷問《ごうもん》をお見舞《みま》

いしてやろう…ポートマフィア奥義、電気アンマ！」

電気アンマをくらわす織田作。

フライパンを鳴らし、決着がついたことを知らせる店主。

織田作はハイタッチをしながらそれぞれに「はーい」「よくできましたー」「良いタックルだったぞー」「また明日《あした》なー」「親父さんの言うこと聞くんだぞー」等々言い、見送る。

織田作「…きわどかった。不意打ちを仕《し》掛《か》けるタイミング。捨て身で突撃《とつげき》を仕掛けてくる思い切りの良さ。そして何よりもチームワーク。あと二年もすれば俺もどうなるかわからないかもな」

店主「すいませんね、いつも」

織田作「いや」

太宰が突然《とつぜん》やって来る。

太宰「聞いたよ織田作。子供を養っているんだって？　それも抗争《こうそう》で親を失った孤児《こじ》たちを」

織田作「…」

内心動揺《どうよう》する織田作。

ニコニコと織田作を見つめる太宰。

織田作「…そうだ」

太宰「決して殺さず、凄腕《すごうで》なのに出世に興味がなく、孤児を五人養うマフィア、織田作之助。変わっているねえ。マフィアの中で一番変わっているよ」

太宰が笑う。

織田作は封筒《ふうとう》を取り出し、

織田作「…子供達の当面の生活費だ」
店主「大丈夫《だいじょうぶ》なのかい織田作ちゃん。稼《かせ》ぎのほとんどをこっちに回してるらしいじゃないか」
織田作「俺は、この店のカレーがいつでも食えるだけで十分だ」

店主は押し頂くように受け取り、いなくなる。

織田作「それで？」
太宰「あれから色々判ったよ。特にミミックについて。かつては欧《おう》州《しゅう》で鳴らした異能犯罪組織だったらしいよ」
織田作「そんな連中がわざわざ日本まで来て何をしようとしている」
太宰「ポートマフィアの縄張り《なわば》と密輸網《ルート》を横取りして、こっちで一旗揚《あ》げる心算《つもり》じゃないかな」

織田作「…」

太宰「彼等は軍人崩《くず》れだよ。情報によると、組織の頭目は強力な異能者で歴戦の部下達をその実力で率いているらしい」

織田作「首領はこの一件のことを知っているのか？」

太宰「報告したよ。そうしたら対ミミックの戦略立案と前線指揮を仰《おお》せつかったよ」

織田作「異能犯罪組織は、政府機関が取り締《し》まるものではないのか？」

太宰「内務省の異能特務課だね。彼らからしてみればマフィアとミミックが潰《つぶ》し合ってくれるなら大歓迎《だいかんげい》、どうぞご自由に、って感じじゃあないかな」

織田作「安吾については？」

太宰は視線を外し、

太宰「…武器倉庫の暗証番号情報が、安吾によってもたらされたものだと、ほぼ確定した」

織田作「…そうか」
沈黙《ちんもく》。
太宰「最初はたかが犯罪組織と思ったけど――安吾がつくほどの組織となれば、軽くこづいただけで泣いて謝るような連中じゃあないって事だ。そのうえ敵としての安吾は簡単な相手じゃない。全く簡単な相手じゃあないよ。期待させてくれるじゃないか。きっと私を追い詰《つ》めて、そして――」
織田作「太宰」
織田作が太宰の言葉を遮《さえぎ》る。
太宰「…」
沈黙。

太宰「ねえ、覚えてるかい織田作。安吾と初めて出会った時のこと」

織田作は苦笑し、

織田作「ああ、忘れるはずがない。あの日も…多くの人間が死んだ」

× × ×

安吾が現れる。

安吾「それ以上近寄らないで頂けますか。臭《にお》うので」

顔を見合わせ、自らにおいを嗅《か》ぐ織田作と太宰。

安吾は資料をめくっている。

太宰「あの……」
安吾「僕が質問するまで黙《だま》っていて下さい」
太宰「悪いけど浴室を貸して貰《もら》えないかな」
安吾「云《い》った筈《はず》です。黙っていて下さい」

安吾は記録をつけている。

織田作「それは何をしているんだ？」
安吾「見て判りませんか？　記録をつけているのですよ」
織田作「なるほど」

安吾は記録をつけている。

太宰「君の名前を云い給え！」

なんの前触《まえぶ》れもなく叫《さけ》ぶ太宰。

安吾「坂口安吾…ですが」
太宰「んふふふふふふ」

満面の笑みで笑う太宰。

安吾「…何ですかその気持ち悪い笑いは」
太宰「安吾君。君は面白い人だね。でも、そんな事をしても君の評価には繫《つな》がらないと思うよ？」
安吾「僕が何を為《し》ているか、貴方《あなた》は判ると云うのですか？」
太宰「君は死者の人生録を作っている。違《ちが》うかい？」

驚《おどろ》く安吾。

安吾「何時私の記録帳を盗《ぬす》み見たのです？」

太宰「見てないよ。見るまでもなく歴然じゃあないか」

　太宰は安吾にずかずかと近寄り、

太宰「抗争《こうそう》が激化すればするほど死者は唯《ただ》の数字に近付いていく。
　昨日は何人死んだ、今日は何人死んだ。そこに個性はなく、魂《たましい》はなく、死への尊厳もない。そして君はそれに抗《あらが》おうとしている」

安吾「…」

太宰「ひとつ読み上げてくれないかな?」

　安吾はしばらく太宰を見ていたが、やがて書類に目を落として読み始める。

安吾「昨夜廃棄《はいき》場付近で発生した幹部襲撃《しゅうげき》事件でのこちらの死者は四名。梅木《うめき》紅人《くれひと》。三枝《さえぐさ》昭吉《しょうきち》。石毛《いしげ》巳六《みろく》。歌川《うたがわ》一馬《かずま》。——

梅木は元軍警で、同僚《どうりよう》殺しの汚名《おめい》を着せられて除名され、マフィアへ加入。戦闘《せんとう》指揮に長《た》け、この小班を率いていました。両親とも死別。年の離《はな》れた弟が居ますが音信不通……」

JAZZが流れている。

安吾は死者の記録を読み上げている。

太宰は黙って聞いている。

織田作「私は読み上げられた四名のことを想像した。目の前にありありと——とまではいかなかったが、彼等の存在を近くに感じることができた。そして彼等は皆《みな》、もう死んでしまったのだ」

安吾が書類を閉じる。

安吾「彼等は皆、静けさを手に入れた。誰《だれ》も彼等から静けさを奪《うば》うことはできません。この書類に纏《まと》められた情報は彼等の生命の痕跡《こんせき》であり、報告書には決して載《の》ることのない彼等の息づかいです」

織田作「…」

内心、啞《あ》然《ぜん》とする織田作。

太宰「ね、織田作。面白いでしょう？　こんなマフィア居ないよ普《ふ》通《つう》。才能の大いなる無《む》駄《だ》遣《づか》いだ」

太宰は安吾の背中を無《ぶ》遠《えん》慮《りょ》に叩《たた》く。

安吾「だから近寄らないで下さい。臭いが移るでしょう」

太宰「織田作もそう思うでしょう？　この書類、読みたくない？」

織田作は頷《うなず》き、

織田作「言い値で買おう」

安吾「売れませんよ！　大体貴方たち何です、仕事の邪魔《じゃま》ばかりして、僕は忙《いそが》しいんです！　あと臭い！　腐《くさ》った佃煮《つくだに》の臭《にお》いがする！」

太宰「いいじゃないか、腐った佃煮でも。それにあれだよ、腐った佃煮は日本酒と合うんだよ」

織田作「そうなのか。知らなかった」

安吾「そんな訳ないでしょう！　堂々と嘘《うそ》をつかないで下さい！」

太宰は恥《は》ずかしがりながら、

太宰「ええと、その…じ、実は腐った佃煮って…イケてるよ？」

安吾「恥ずかしがりながら嘘をつけという意味ではない！」

織田作「そんな話をされると酒が飲みたくなった」

太宰「いいねえ。じゃあ何時《いつ》もの店で。彼も連れていこう。いいよね？」
織田作「ああ」
安吾「だから僕は忙しいんであって――」
太宰「織田作、彼を忙しさから解放する方法がひとつある。我々が両側から思い切り抱《だ》きつけば、臭いと泥《どろ》と油がぬったくられて、今日はもう物理的に仕事にならなくなる！」
織田作「なるほど」
安吾「な、何を云《い》うんです！　脅《おど》す気ですか！」
太宰「新入り君、マフィアは脅しなどしないよ。ただ兇行《きょうこう》あるのみなのだ。あ、織田作は右からね」
織田作「判った」
安吾「ちょっと待っ、これは一張羅《いっちょうら》で、やめ、怒《おこ》りまっ、うおああああー!?」

二人を振《ふ》りほどいて逃《に》げる安吾。

太宰「待ちたまえ！　地の果てまで追いかけるよ！　間にあう間にあわぬは問題ではないのだ！」

呵呵《かか》と笑いながら安吾を追いかける太宰。

微笑している織田作。

織田作「その後、安吾と太宰と私は酒場に集い、話をするようになった。仕事上の上下関係も殆《ほとん》どない。ただ共に呑《の》み、言葉を交わすだけだ。街のこと、酒のこと、出逢《であ》った人間のこと。私達の間に熱心に共有すべき特別な話題があったわけではないが、それでも話すべき些細《ささい》な事柄《ことがら》が途切《とぎ》れたことはなかった。砂漠《さばく》の戦場で偶然《ぐうぜん》に出逢い火を囲む兵士のように、私達はひっそりと何かを持ち寄り、ひっそりと酒を酌《く》み交《か》わして、ささやかで些細なお互《たが》いの時間を共有した。このような世界に生きる以上、その関係性は極めて稀《まれ》だった。密林の中にある黄金の宮殿《きゅうでん》のようなものだった。もしこの関係が一度壊《こわ》れたとしたら他の誰かと同じ関係を築くことは二度とないはずだ。そして──」

織田作の表情から笑みが消える。

織田作「私達の関係は、目に見えるほどの速度で壊れつつあった」

【6】地下収監《しゅうかん》所

鼻歌を歌いながら太宰がやって来る。

ミミックの死体が三体、転がっている。

マフィア構成員が二人、死体を見下ろしている。

少し離《はな》れた所に芥川《あくたがわ》の影《かげ》。

死体を見た太宰の表情が変わる。

太宰「説明が欲しいな」

沈黙《ちんもく》。

太宰「せっかく捕《つか》まえたミミックの捕虜《ほりょ》が、どうして死んでいるんだい？」

構成員Ｄ「ここで拷問《ごうもん》し、仲間の情報を吐《は》かせる手筈《てはず》でした」

太宰「聞きたいのはその次だ」

構成員Ｄ「一人の兵士が我々から銃《じゅう》を奪《うば》い、仲間の兵士を射殺しました。そして我々に襲《おそ》いかかってきました。それを――」

芥川「それを僕《やつがれ》が処断した」

太宰「…不撓不屈《ふとうふくつ》の恐《おそ》るべき敵兵士を倒《たお》し、仲間を守った訳だね芥川君。全くもって素晴らしい」

太宰は芥川の影に向かって歩いて行く。

太宰「流石《さすが》は私の部下だ。お陰《かげ》で捕《と》らえた敵兵士は三名とも死亡だ。これで手懸《てが》かりは無くなった。一人でも生き残っていれば、敵の本拠地《ほんきょち》、敵の目的、次の標的、指揮官の名前と素性、そして指揮官の異能力。貴重な情報が聞き出せただろうに。全く善くやったよ」

芥川「情報など——連中如《ごと》き、僕が纏《まと》めて四つ裂《ざ》きに」

芥川を殴《なぐ》り飛ばす太宰。

太宰「君、銃貸して」

構成員Dが太宰に銃を渡《わた》す。

太宰「私の友人に、孤児《こじ》を扶養《ふよう》している男が居てね。君を拾ったのが彼だったら、きっと君を見捨てず、辛抱強《しんぼうづよ》く教え導いたろう。それが正しさだ。けど私は、正しさのほうから嫌《きら》われた男だ。そう云《い》う男はね、使えない部下をこうするんだ」

三発の銃声《じゅうせい》。

芥川の影がへたり込む。

太宰「次しくじったら、二回殴って五発撃《う》つ。いいな。さて、不出来な部下への教育はこの位にして、仕事にかかるよ。死体を調べてみよう。何か出るかも知れない」

構成員E「あの…死体の何をお調べしましょう」

太宰「全部だよ！　決まってるだろう？　靴底《くつぞこ》、ポケットの屑《くず》、食事の食べ滓《かす》、服の付着物、すべてが手懸かりだ。全く…うちの部下は揃《そろ》って、敵を嬲《なぶ》り殺すだけがマフィアの仕事だと思ってる。この調子だと、織田作ひとりで全部解決して仕舞《しま》いそうだ」

構成員D「お言葉ですが太宰さん…先日、織田作之助が事務所の裏手の掃《は》き掃除《そうじ》をしているのを見ました。とても太宰さんのご友人として釣《つ》り合うような身分の人間とは思えません。今回の敵と渡り合えるような人物とも」

別空間で掃き掃除をしている織田作。

太宰はきょとんとして、

太宰「本気かい君？　私と織田作が釣り合わないって？」
構成員D「はい…」
太宰「馬鹿《ばか》だなあ君達！　あのね。君達の為《ため》に忠告するけど、織田作は怒《おこ》らせないほうが善いよ。絶対にね。もし織田作が心の底から怒ったなら、この部屋にいる四人全員、銃を抜《ぬ》く間もなく殺されるよ」

絶句する構成員達。

太宰「…本気の織田作は、どんなマフィアより恐ろしいよ」

不敵な笑みを浮《う》かべる太宰。

【7】気象観測所

織田作が銃を手にし、周囲を警戒《けいかい》しながら現れる。

織田作「…」

別空間に太宰が現れる。

太宰「やァ織田作。いきなり本題で悪いんだけど、手懸かりを掴んだ。気象観測所跡地《あとち》に向かってくれ」

太宰がいなくなる。

織田作は頷《うなず》き、調査を続ける。

織田作「安吾のことを考えていた。この街のどこかで、悪に染まりつつある男のことを。あるいは悪は私達マフィアで、安吾とミミックはそれを断罪する正義の味方なのかもしれない。そちらの仮説のほうが、いくぶん筋が通っているようにすら思える。私も太宰も首領も皆《みな》、罪を背負って孤独《こどく》と悔悟《かいご》のうちに死んでいくべきなのかもしれない。それがこの世界の正しさの証明なのかもしれない……」

視界が開けてくる。

安吾が椅子《いす》に縛《しば》り付けられている。

安吾「織田作さん！　来てはいけません！」

織田作は安吾に駆《か》け寄り、縄《なわ》を解こうとする。

安吾「何故《なぜ》来たのです！」

織田作「お前が助けを求めているような気がしてな」

安吾「僕は助けなんて求めてない！」

織田作「ミミックにお前が間諜《スパイ》だとばれた。違《ちが》うか？」

安吾「……それは」

織田作「マフィアの誰《だれ》もが、お前をミミックの間諜だと思っている。だが実際は逆だ。坂口安吾はミミックの中に潜《ひそ》んだマフィアの間諜だ」

安吾「…」

安吾は目蓋《まぶた》を強く閉じ、やがて目を開く。

安吾「織田作さん、早く逃《に》げて下さい。時限式爆弾《ばくだん》が仕掛《しか》けられています。奴等《やつら》は裏切り者である僕を、きれいさっぱり焼き殺す心算《つもり》だ」

織田作は銃《じゅう》を抜き、

織田作「できるだけ体を椅子から離《はな》していろ」

二発撃ち、縄を解く。

織田作「行くぞ。爆発《ばくはつ》までは？」

安吾「いつ建物が吹《ふ》っ飛んでもおかしくありません！」

織田作は安吾に肩《かた》を貸し、走り出す。

爆発が起き、吹き飛ばされる二人。

織田作はなんとか立ち上がり、

織田作「安吾…大丈夫《だいじょうぶ》か？」
安吾「ええ、何とか…」
織田作「首領はどこまで知っているんだ？」
安吾「ほぼ凡《すべ》てです。私がミミックに潜入《せんにゅう》していたことを知っているのは、マフィアの中では首領だけでした。それだけ繊細《せんさい》な任務だったと云《い》う訳です。関係者が増えるほど、秘密は漏《も》れやすくなる——機密情報の基本則です」
織田作「それで首領は、俺に安吾捜索《そうさく》の指示を出した訳だ。俺なら真実を伏《ふ》せたままでも安吾を助けに行くだろうと」
安吾「…」
織田作「太宰もかもな」
安吾「…早く報告をしなくては」
織田作「ミミックというのは何者なんだ？」
安吾「軍隊ですよ…彼等は旧大戦の敗残兵です。戦場以外では生きていけない、主なき『灰色の幽霊《グラオガイスト》』です。彼等は今でも戦争に取り憑《つ》かれています」

織田作「長の名前は？」
安吾「ジイド。彼自身が強力な異能者です。奴《やつ》と戦ってはいけません。織田作さん、貴方《あなた》は特に――」

一度世界が灰色になる。

何も起きず、世界が元に戻《もど》る。

青い手鞠《てまり》が転がってくる。

織田作「？」

手鞠を手にする織田作。

織田作「！」

織田作が膝《ひざ》をつく。

織田作「…毒…か」

倒《たお》れる織田作。

織田作「…俺の異能力、天衣無縫《てんいむほう》は、数秒先の未来を予見できる…だが、未来に起こる危機を察知した時、すでに罠《わな》にはまっていた場合は――回避《かいひ》ができない…この罠を仕掛けた奴は、俺の異能力を…知り尽《つ》くした奴だ…安吾」

安吾「…」

安吾は織田作を見下ろしながら白い手袋《てぶくろ》をはめ、手鞠を拾う。

安吾の背後に五人の男が現れる。

暗い野戦服をまとい、顔を防毒面《マスク》で隠《かく》し、最新式の誘導《ゆうどう》型小銃《しょうじゅう》を構えている。

安吾は手鞠を野戦服の男の一人に渡《わた》す。

安吾「織田作さん。ご迷惑《めいわく》をお掛《か》けしました。ここで起こった事は凡て話して頂いて構いません——ミミックの内情は凡て真実です。もし…もし許されるなら、太宰君と三人でもう一度、酒を飲みたかった。同じ時間、同じ場所で…」

野戦服の男が安吾に触《ふ》れる。

安吾は頷《うなず》き、諦《あきら》めたような笑みを浮《う》かべて織田作を見る。

安吾「お元気で」

安吾が背を向けて、男達と共に去っていく。

織田作「…」

織田作の意識が途絶《とだ》える。

【8】病院

横たわっている織田作。

漱石《そうせき》「(OFF)いつもその本を読んでるな」

織田作「…」

織田作が起き上がる。

手には文庫本。

漱石「(OFF)そんなに面白いか?」

織田作「…面白い」

漱石「(OFF)そんな小説より面白い話が、世の中にはごまんとあるぞ」

織田作「…」

漱石「(OFF)その本、下巻はどうした?」

織田作「…下巻は持ってない。いくら探しても、なかった」

漱石「(OFF)その小説は下巻がとんでもなく最悪でな。上巻と中巻だけで満足しておけ。それがお前の為《ため》だ」

織田作「…そうもいかない」

漱石「(OFF)ならばお前が書け」

織田作「…自分で、書く?」

漱石「(OFF)それが唯一《ゆいいつ》、その小説を完璧《かんぺき》なままにしておく方法だ」

織田作「…」

漱石「(OFF)小説を書く事は、人間を書く事だ。どう生きて、どう死ぬべきかという事をな。儂《わし》の見たところ、お前にはその資格がある」

織田作「…あなたは」

織田作が夢から覚める。

織田作「…」

太宰がいる。

太宰「ヤァ、目覚めたかい織田作。気分は？」
織田作「向こう五十年の二日酔《よ》いをまとめて受け取っている気分だ…安吾は見つかったか？」
太宰「いいや。爆発《ばくはつ》現場で見付けたのは織田作だけだ…やはり安吾はあの場所に居たのだね？」
織田作「…ああ」
太宰「起こっている現象は、大きく二つに分けられる。ひとつは、犯罪組織ミミックの襲来《しゅうらい》。もうひとつは安吾と黒い特殊《とくしゅ》部隊の暗躍だ」
織田作「ミミックとは別組織なのか？」

太宰「別だよ。この巨大《きょだい》な騒動《そうどう》はマフィア・ミミック・黒い特殊部隊の三勢力が接触《せっしょく》することで起こっている。ただ、特殊部隊のほうは当面無視していい。やはり危険なのはミミックだ。攻撃《こうげき》は苛烈《かれつ》で、音もなく現れる。本拠地《ほんきょち》を叩《たた》こうにも、どこからともなく現れどこへともなく消えるから、奇襲《きしゅう》のかけようがない。まるで幽霊《ゆうれい》を相手にしているみたいだ。本物の灰色の幽霊《グラオガイスト》をね。織田作が寝《ね》てる間に、マフィアの縄張《なわば》りだった商店が六箇所爆破《かしょばくは》された。被害《ひがい》は分刻みで…」

太宰の携帯《けいたい》が鳴る。

太宰「…わかった」

織田作が立ち上がる。

太宰「…まさか、行く気なのかい?」

織田作「…」
太宰「織田作は抗争《こうそう》なんて興味ないと思っていたよ」
織田作「…ない」

織田作が出て行く。

【9】美術館前庭

マフィア構成員達とミミックが戦っている。

ミミックが優勢。

ジイドが現れ、マフィア構成員を一掃《いっそう》する。

ジイド「…！」

世界が灰色になる。

ジイドが身をのけ反らせる。

数発の銃声《じゅうせい》が響《ひび》き、ジイド以外のミミック達の銃が弾《はじ》き飛ばされる。

世界が元に戻《もど》る。

織田作が現れる。

ジイド「……」

織田作「……」

織田作とジイドが対峙《たいじ》する。

世界が灰色に変わると同時に、駆《か》け出す織田作とジイド。

織田作は銃を撃《う》ちながらジイドに接近する。

ジイドも銃弾《じゅうだん》を躱《かわ》しながら織田作に接近する。

互《たが》いに至近距離《きょり》で撃ち合いながらの肉弾《にくだん》戦。

一度離《はな》れる織田作とジイド。

世界が元に戻る。

互いに装弾《そうだん》する。

ジイド「乃公《おれ》はジイド。我ら幽霊の魂《たましい》を解き放つ者を…探しに来た」

織田作「そうか。知人の葬儀《そうぎ》業者なら割引料金で紹介《しょうかい》できるぞ」

ジイド「必要無いよ…たった今見付けたからな」

ジイドが織田作めがけて撃つ。

世界が灰色に変わる。

再び接近しての銃撃戦《じゅうげきせん》&肉弾戦。

世界が元に戻り、互いに離れる。

織田作「…」

ジイド「貴君の混乱は、乃公の混乱でもある」

ジイドが銃を下ろす。

ジイド「乃公には今、貴君が右に避《よ》ける未来が観えた。それに合わせ狙《ねら》いを修正した。だが貴君はその未来を観て、回避《かいひ》方向を逆に修正した。それも乃公には観えた。…乃公の云《い》っている事が判るだろうか?」

織田作「…」
ジイド「数秒の後に起こる自分の危機を観る能力」
織田作「…同じ…能力」
ジイド「貴君の未来観測は万能だ。貴君を葬《ほうむ》れる人間など存在しない…乃公を除いては」
織田作「…」
ジイド「そして乃公を葬れる人間もまた、貴君を措《お》いて他にない。貴君はこの抗争《こうそう》を止められる唯一《ゆいいつ》の人間なのだ」

ジイドが微笑《ほほえ》む。

織田作はジイドに向かって銃を構える。

ジイド「いいぞ。それだ…その弾丸《だんがん》だけがこの戦争を止められる。貴君はマフィアの構成員だ。ならば敵の首魁《しゅかい》たる乃公を撃つ事こそ本懐《ほんかい》」

織田作は息を吸い、吐《は》き、銃を下ろす。

織田作「断る…俺は仲間を助けに来ただけだ」
ジイド「…何？　貴君は…マフィアではないのか？」
織田作「マフィアにも色々だ」
ジイド「銃は人を殺す道具だ。そして此所《ここ》は戦場だ。貴君が撃たずとも、こちらから撃てば反撃《はんげき》せざるを得まい！」

ジイドが銃を構える。

織田作「興味がない。俺に興味があるのは生きる事だ」
ジイド「死よりも重要な生など存在しない！」

ジイドが引き金を引く。

世界が灰色に変わる。

連続して銃弾を避ける織田作。

転がりながらもう一方の銃《じゅう》を取り出し、構える。

織田作「…」

織田作が銃を下ろす。

織田作「折角日本まで来て貰《もら》って悪いが、俺には殺しをしない理由がある。余所《よそ》を当たってくれ」

ジイド「何故《なぜ》だ！　あの戦場以来、乃公と部下達は死に値する場所を求め、死霊《しりょう》のように世界を彷徨《さまよ》った！　貴君が唯一の望みなのだ！　撃て、撃ってくれ、でなければ…」

織田作「俺がお前達の願いを聞けないのは、夢があるからだ。いつかマフィアを辞めて何でも出来る身になった時、海の見える部屋で、机に座って…」
ジイド「…？」
織田作「小説家になりたいんだ」
ジイド「…」
織田作「銃を捨てて、紙とペンだけを持って…ある人が俺に『小説を書く事は、人間を書く事だ』と云った。…人の命を奪《うば》う者に、人の人生を書く事は出来ない。だから俺はもう、二度と人を殺さない」

静寂《せいじゃく》。

ジイド「それが答えか？」
織田作「…」
ジイド「それが我等の戦場に登ってこない理由なのか？」
織田作「そうだ」

ジイド「生きる事だと？　我等はもう死んでいる。魂のない肉体を、亡霊《ぼうれい》が操っているに過ぎない。お前のような異能者が、この肉体を銃火《じゅうか》で焼き尽《つ》くすのを待っている抜《ぬ》け殻《がら》に過ぎない」

織田作「お前は死んでいない。過去に何があったかは知らないが、自分の死に方をゆっくり考える事はできる」

ジイド「何故判らない…貴君だけが唯一の…」

ジイドの瞳《ひとみ》から感情が消える。

ジイド「その気がないならば仕方がない。貴君は乃公《おれ》を殺さない。乃公の望みを理解していないからだ。そして乃公も貴君を殺さない。貴君だけが我等を浄火《じょうか》の戦場へ導くものだからだ」

ジイド達が去りかける。

ジイド「理解させてやる。乃公を理解させてやる。此処《ここ》に——」

ジイドは自らのこめかみを強く指差す。

ジイド「何があるかを見せてやる。そうすれば判るだろう、本当のことが。貴君と乃公のどちらかが死ぬしかないと云《い》うことが……楽しみにしていろ」

織田作「…」

ジイド達が去って行く。

【10】BARルパン

繁華街《はんかがい》。

織田作「…」

織田作が一人、立っている。

太宰が現れ、

太宰「夜はいい…夜はマフィアの時間だ」
織田作「…」

歩き出す二人。

太宰「にしても災難だったね織田作。敵のボスに会うなり熱烈《ねつれつ》な求愛を受けるなんて。これは週末には結婚《けっこん》式だね」
織田作「戦争の為《ため》に戦争をするなんて変な奴等《やつら》だ」
太宰「そうかい？　かわいい話じゃあないか、死に方にひと工夫凝らしたいなんて」
織田作「この抗争《こうそう》はいつまで続く？」
太宰「指揮官の異能が厄介《やっかい》だね。奇襲《きしゅう》が効かない。となると、内部の情報が必要だ。心当たりはあるかい？」
織田作「安吾しかいない。安吾は何年もマフィアとミミックの二重間諜生活をしていた。この前俺に話したより多くのことを知っていた筈《はず》だ」
太宰「私も同意見だね」
織田作「安吾を捜《さが》し出す方法はないのか？」
太宰「ある」
織田作「あるのか？」

太宰「正確に言えば、捜し出す必要すらない。さあ着いた」

二人がルパンに辿《たど》り着く。

織田作「ここか」
太宰「他にあるかい？」

二人が店内に入る。

いつもと同じ席に安吾が座っている。

安吾「やあ、どうも。お先にやってますよ」

太宰と織田作が安吾の隣《となり》に座る。

安吾「此処で呑《の》める事はもう二度とないと思っていました。私はツイてる。そして友人二人にも、そのツキをお裾分《すそわ》けしたい」
太宰「潜入捜査官《せんにゅうそうさ》にしては感傷的《センチメンタル》じゃあないか」
織田作「…」
安吾「…流石《さすが》ですね」
太宰「君にはマフィアに加入する前から別の顔があった。それは国の秘密機関、内務省異能特務課のエージェントとしての顔だ。任務はマフィアの動向を監視《かんし》し、報告すること」

安吾は深いため息をつき、

安吾「…そうです」
太宰「特務課の任務は異能者の管理だ。殲滅《せんめつ》じゃあない。だからマフィアの内部にエージェントを潜入させ、動向を監視していた」
安吾「…」
太宰「そこにミミックの話が持ち上がった。それで特務課は、安吾にミミックの動向も探らせる事にした。マフィアの二重間諜としてね」

安吾「薄給《はっきゅう》の国家公務員としては、全く割に合わない仕事でしたよ」

織田作「つまり安吾は二重間諜ではなく、三重間諜だったという訳か」

太宰が頷《うなず》く。

太宰「さて、私が調べた限りでは真相はこんな所だ。辛気臭《しんきくさ》い話は終わりにして、一杯《いっぱい》やろうじゃあないか」

そっと杯《さかずき》が席の前に置かれる。

沈黙《ちんもく》。

JAZZが聴こえてくる。

三人はそれぞれのペースで酒を飲んでいる。

安吾「それで？　ここに来たのは、我々の変わらぬ友情を確かめる為ですか？」

太宰「まさか。ミミックについての情報を貰《もら》う為だよ」

安吾はグラスを見つめ、

安吾「不思議です。何時《いつ》もと同じ酒なのに、味がしない」

織田作「…」

安吾「ジイドの能力を見ましたか？」

織田作「…見た」

安吾「特務課も、あの異能力には手の出しようがありません。奴《やつ》の上に特大の爆弾《ばくだん》を落とすくらいしか手はありませんが…ジイドは神出鬼没《しんしゅつきぼつ》で、居場所を悟《さと》らせません。上はこの件を、完全にマフィアに投げる腹積もりのようです。二つの組織を潰《つぶ》し合わせ、生き残ったほうを管理すれば、特務課には一人の犠牲《ぎせい》も出ない」

太宰「そりゃあ随分《ずいぶん》と虫のいい話だね。けどマフィアにしても、あの異能を突破《とっぱ》するのは難しいよ」

太宰は織田作を見る。

太宰「…もちろん、ただ一人の最下級構成員を除いて、だけど」

織田作「奴は歴戦の兵士で、多くの屈強《くっきょう》な兵を率いる指揮官だ。それに俺の異能も奴の異能も、結局は『数秒後が予測できる』力に過ぎない。どちらが先に相手を倒《たお》せるかは、結局のところ戦闘と射撃《しゃげき》の技量にかかってくる」

太宰「織田作の射撃の腕《うで》、ねえ」

太宰が微笑《ほほえ》む。

ＪＡＺＺが聴こえている。

安吾が立ち上がり、

織田作「帰るのか？」
安吾「我々が会っていることが内務省の上層部に知れたら大問題になります。僕も当面は姿を隠《かく》さなくては」
太宰「おやおや。まるで自分が生きてここから出られるみたいな口ぶりだね、安吾」

空気が凍《こお》り付く。

織田作「…ここを戦場にする気か？」
太宰「…」
安吾「…僕のせいですね」

安吾が席に座る。

沈黙。

安吾「僕が間違《まちが》っていた。この場所だけは、皆《みな》さんと立場を超《こ》えて会えるような気が勝手にしていました」
太宰「…安吾」
安吾「…」
太宰「私の気が変わらないうちに消えるんだ」
安吾「…」
太宰「別に悲しんじゃいない。最初から判っていたことだ。安吾が特務課であろうとなかろうと、失いたくないと思うものは必ず失われる。だから今更《いまさら》何も感じないよ。求める価値のあるものは皆、手に入れた瞬間《しゅんかん》に失うことが約束される。苦い生を引き延ばしてまで追い求めるものなんて何もない」
織田作「…」

安吾「太宰君、織田作さん。僕も皆さんと同じです。異能者を狩《か》る異能者として、政府の暗部に頭まで浸《つ》かってきた。決して表通りを歩けぬ人生です」
織田作「…」
安吾「いつか時代が変わって、我々がもっと自由な立場になったら…またここで…」
織田作「それ以上云《い》うな安吾」
安吾「…」
織田作「…云うな」
安吾「…」

安吾は立ち上がり、店から出て行く。

ＪＡＺＺが聴こえている。

織田作「…？」

写真が一葉、置かれていることに気がつく。

織田作「…」

写真を見つめる織田作。

織田作は写真を太宰に渡《わた》す。

太宰が写真を見つめる。

太宰「…」

写真の中の太宰、織田作、安吾が笑っている。

【11】観光船

安吾がいる。

安吾「…」

マフィアを引き連れた鷗外がやって来る。

鷗外「安吾君、久しぶりだねえ。今日はお招きありがとう。本職に戻《もど》ってから、調子はどうかな？」

安吾「…」

特殊《とくしゅ》部隊を引き連れた種田がやって来る。

種田「うちの若いもんを虐《いじ》めんでいただきたいですなあ、マフィアの親分さん」

対峙《たいじ》する双方《そうほう》。

安吾「本日はご足労、ありがとうございました。繰《く》り返しますがこれは非公式の会合です。記録および撮影《さつえい》、この場にいる人間以外からの物理的介入《かいにゅう》は凡《すべ》て裏切りと見做《みな》し、会合は即刻《そっこく》中断されます」

鷗外「うちのエリスちゃんが帰りにアイスクリームを購《か》ってこいって煩《うるさ》くてねえ。政府御用達《ごようたし》の佳《よ》い店でもないかね、種田長官?」

種田は扇《おうぎ》で顔を扇《あお》ぎながら、

種田「はっはっは、心温まる話ですなあ。内務省の官僚《かんりょう》共にもひとつ、手土産《てみやげ》を持ち帰ってやりましょうかな。お宅の首級《くび》など持ち帰ったら喜ばれるやろなあ」

数名のマフィアが反応する。

鷗外は片手を上げて制し、

鷗外「内務省のお偉方《えらがた》に胡麻《ごま》擂《す》りの煩慮《はんりょ》とは、宮仕えは気苦労が絶えないねえ、種田長官」

種田「なんのなんの。政府にいつ叩《たた》き潰《つぶ》されるか、溝底《みぞぞこ》でひやひや隠《かく》れるような立場に比べれば、これしき」

鷗外と種田は互《たが》いに不敵に笑う。

安吾「…早速ですが、本題に入らせて頂きます。異能特務課・種田殿《どの》よりポートマフィア・鷗外殿への要求は二点。まず私、坂口安吾について一切の関知をせず、危害を加えぬ事。もうひとつは欧州《おうしゅう》より日本に不法入国した異能犯罪組織・ミミックを壊滅《かいめつ》させること。宜《よろ》しいですか？」

鷗外「一つ目に関しては問題ないよ。私は此《これ》でも、安吾君には非常に感謝しているからね。君は優秀《ゆうしゅう》で、随分《ずいぶん》私の仕事を助けてくれた。それが潜入捜査《せんにゅうそうさ》の一環《いっかん》であったにしてもだ。そして今回こうして君の仲介《ちゅうかい》を以て、特務課との会合が実現した。花束を贈《おく》って抱擁《ほうよう》したいくらいだよ」

安吾「では――」

鷗外「ただ二つ目は確約しかねるなあ。兎《と》に角恐《かくおそ》ろしい連中でね。ミミックのせいで私達の尻《しり》にも火がつきっぱなしだ。出来れば泣いて逃《に》げ出したい位だよ」

種田は黙考《もっこう》した後、安吾を見る。

安吾は頷《うなず》き、

安吾「次に、ポートマフィアより特務課への要求は――」

種田「…」

種田は小さく重い溜息《ためいき》をつき、背広から黒い封筒《ふうとう》を取り出す。

汽笛が鳴り響《ひび》く。

【12】輸入承認事務所

織田作が大荷物を抱《かか》えている。

織田作「横浜はその日、うららかな陽光の差し込む暖かな日だった。私はむずかしい顔をして横浜の街を歩いていた。両手に抱えた荷物のせいで、いつにも増してむずかしい顔に見えたに違《ちが》いない。機嫌《きげん》が悪かったわけではない。単にバランス感覚の問題だ。その時の私は両手に抱えるほどいっぱいの駄菓子《だがし》と玩具《がんぐ》を抱えていた。にこにこ顔で運ぶには、いささか修練が必要な代物だ。荷物は子供達への差し入れだった。避難《ひなん》生活でうんざりしているに違いない子供達への貢《みつ》ぎ物《もの》だ。隠れ家《が》で退屈《たいくつ》しているに違いない子供達が、この程度の賄賂《わいろ》で笑顔を取《と》り戻《もど》してくれるかは不安だったが。大人の十分は、いつも子供にとっての不十分なのだ」

太宰が現れる。

太宰「自転車を漕《こ》ぐ若者が口笛を吹《ふ》きながら走り去っていった。幼児が、彼等にしか見えない重大なものを追いかけて、母親の前を走っていた。犯罪組織の抗争《こうそう》など、地球の反対側の出来事のようにしか感じられなかった」

織田作「私は歩きながら、ミミックのことを考えた。死ぬために生きる孤独《こどく》な兵士達のことを…『乃公《おれ》を理解させてやる』…ジイドは云《い》った。私を闘争《とうそう》に巻き込む呪《のろ》いの言葉だ。だが同時にそれは痛切な幼子の叫《さけ》びでもあった。彼を理解できる人物は、部下か敵しかいない。そして私に後者になってもらいたがっている」

安吾が現れる。

安吾「ミミックと殺し合うことが正しいことなのだろうか。このまま いけばマフィアかミミック、どちらかが滅《ほろ》びるまで抗争は続くだろう。何らかの形での和平は不可能なのだろうか。彼等を理解することは不可能なのだろうか」

織田作「子供達が独り立ちし、もはや援助《えんじょ》を必要としなくなったら、私はマフィアを辞める心算《つもり》でいた。それがいつになるのかは判らない。だがいつかはそんな日が来るはずだ。子供達が成人して事務員になり…」

安吾「技師になり…」

太宰「あるいは球技選手になる」

織田作「一番上の子供は私のようなマフィアになるのが夢だそうで、それだけが頭痛の種だが、まあ何とか云い聞かせられるだろう。そしてその時になったら私はようやく銃《じゅう》を捨て、海が見える窓辺の机に座って、小説を書き始めるだろう」

織田作は太宰と安吾に向かって微笑《ほほえ》む。

織田作「私は荷物を抱えて階段を上がった。どの玩具をどの子供に与《あた》えるかのリストを、頭の中で再確認しながら」

荷物を取り落とす織田作。

織田作「部屋には誰《だれ》もいなかった。机が裏返り、壁《かべ》に穴が開き、床《ゆか》には何か重いものを引き摺《ず》った跡《あと》が残っていた。床に散らばったクレヨンが、大きな靴跡《くつあと》に踏《ふ》みつぶされていた」

走り出す安吾。

安吾「ほとんど無意識に走り出していた。会議室を飛び出し、階段を落ちるような勢いで駆《か》け下り、建物の外に出た。駐車場《ちゅうしゃ》に停まっていた苔色《こけいろ》の小ぶりなバスが、ちょうど走り出すところだった」

太宰「窓のカーテンの隙間《すきま》から、誰かが手を伸《の》ばすのが見えた。小さな手が後部ガラスを叩《たた》いた。その奥に顔も見えた。殴《なぐ》られて目を腫《は》らした少年の顔だ」

安吾「少年はこちらに気付いて、目を見開いた」

太宰「最年長の、マフィアになるのが夢だと云っていた少年だった」

安吾「彼は私の視線に気付くと、迷いのない動作でカーテンを思い切り開いた」

太宰「子供達全員の姿があった。私にそれを見せるため、少年はカーテンを開いてみせたのだ」

安吾「バスに向かって駆け出した」

太宰「バスはどんどん速度を上げていく」

安吾「私はバスの行く先を見た。陸橋の下をくぐる大きなカーヴがあり、その先はハイウェイに繫《つな》がっている」

太宰「私は近くにあった歩道橋の階段を、三段飛ばしで駆け上った。それから歩道橋の中腹まで走り、隣《となり》にあった陸橋に飛び移った」

安吾「金網《かなあみ》をよじ登り、陸橋の上に立った。すぐ足下を、子供達を乗せた小型バスが今まさに通過しようとしていた」

太宰「跳《と》んだ」

安吾「バスのひとつ前を走る、ミニバン車の天井《てんじょう》に着地した」

太宰「振《ふ》り返ると、バスと運転手が見えた。運転しているのは灰色のミミック兵」

織田作が銃を抜《ぬ》こうとするが、持って来ていないことに気がつき舌打ちする。

安吾「バスの車体が加速し、こちらに迫《せま》ってきた」

太宰「運転手は私をミニバンごと挽《ひ》き潰《つぶ》すつもりらしい」

安吾「私はミニバンのサイドミラーを踵《かかと》で思い切り蹴《け》り、だらりと垂れ下がったサイドミラーを引き千切った」

太宰「同時にバスが、ミニバンに追突《ついとつ》した」

安吾「私は車体にしがみついて耐《た》えた。それから手に持ったサイドミラーを、バスを運転するミミック兵めがけて投げつけた」

太宰「サイドミラーはバスのフロントガラスを破り、運転手の顔面に激突《げきとつ》した」

安吾「銃を抜こうとしていた運転手は目を回し、急ブレーキを踏んだ」

太宰「バスは酔《よ》ったサイのように蛇行《だこう》走行して、やがて停まった」

安吾「私が足場にしていたミニバンも、息絶えたように停車した」

太宰「…心臓を摑《つか》まれたような厭《いや》な感触《かんしょく》がした…頭ががんがんと警鐘《けいしょう》を鳴らした…視界が赤と白に明滅《めいめつ》した」

安吾「運転手が、何かの信号発信機を持っていた」

織田作「それが何を意味するのか、私は既《すで》に理解していた。追いついていなかったのは体だけだ。永遠に感じられるような一瞬《いっしゅん》が過ぎ去った」

爆発《ばくはつ》が起きる。

織田作「…」

太宰と安吾が去って行く。

織田作「…喉《のど》が痛かった…呼吸ができなかった…誰かの叫び声が遠くで聞こえた…あまりに激しく痛むので気がついた…叫んでいるのは…私だった」

慟哭《どうこく》。

【13】カレー屋

織田作が立ち上がる。

織田作「…」

織田作が上着を脱《ぬ》ぎ、防弾《ぼうだん》ベストを身につける。

織田作「…おやすみ、幸介《こうすけ》」

シャツを羽織り、ハーネス型の拳銃嚢《ホルスター》を両腕《りょううで》に通す。

織田作「おやすみ、克巳《かつみ》」

銃《じゅう》の状態を確認する織田作。

織田作「おやすみ、優《ゆう》。おやすみ、真嗣《しんじ》。おやすみ、咲楽《さくら》」

煙草《ラッキーストライク》に火をつける織田作。

織田作「静かな場所で、しっかり眠《ねむ》れ。仇《かたき》を取ってくる」

太宰がやって来る。

太宰「…織田作」

織田作「太宰か。どうした」

太宰「君が何を考えているか判るよ。だけど止めるんだ。そんな事をしても――」

織田作「子供達は戻《もど》ってこない」

沈黙《ちんもく》。

太宰「このミミックの一件にはまだ何か裏がある。感じるんだよ。それが判るまでは――」

織田作「何かなどないよ太宰。もう凡《すべ》ては終わった。後にあるのはどうでもいい事だ。俺がこれからしようとしている事も。そうだろう？」

太宰「…織田作、おかしな云《い》い方を許して欲しい。行くな。何かに頼《たよ》るんだ。この後に起こる、何か良い事に期待するんだ。それはきっとある筈《はず》なんだ」

織田作「…」

太宰「…ねえ織田作。私が何故《なぜ》マフィアに入ったか知っているかい？」

織田作「…？」

太宰「何かあると期待したからだよ。暴力や死、本能に欲望《よくぼう》、そういうむきだしの人間に近いところに居れば、人間の本質をより近くで見ることができる。そうすれば何か——生きる理由が見つかると思ったんだ」

織田作「…」

織田作は太宰を見つめる。

太宰も織田作を見つめる。

織田作「俺は小説家になりたかった」

太宰「…」

織田作「人を殺したら、その資格がなくなると思った。だから殺さなかった。だが、それももう終わった。資格はなくなってしまった。今の望みは、ひとつだけだ」

織田作が歩き出す。

太宰「織田作！」

太宰の叫《さけ》びは織田作には届かない。

【14】横浜市街

織田作がやって来る。

反対方向から乱歩がやって来る。

乱歩「うわあ！」

二人がぶつかり、乱歩は尻餅《しりもち》をつき、荷物が散らばる。

乱歩「君、何するんだい！　前を見て歩かなくちゃ駄目《だめ》じゃないか！　そんな高い処《ところ》に目があるなら、前を見るのは得意だろ？　あーあ、社長に貰《もら》った探偵《たんてい》道具が……」

織田作は荷物を拾うのを手伝う。

織田作「あんたは警察か？」

乱歩「警察ぅ？　あんな無能連中と一緒《いっしょ》にされちゃ困るよ！　僕を知らないのかい？　じき日本中が知る事になる名だ、善く憶《おぼ》えておくんだね！　僕こそは世界最高の名探偵、江戸川——」

織田作「すまなかった」

織田作は立ち上がり、

織田作「先を急ぐので失礼する」

乱歩「おいおい、愚《おろ》か者だねえ君、この名探偵と対話できる機会を逃《のが》すなんて！　私の能力を見ればそんな無下には出来なくなるよ！　疑うのなら見せてあげよう。そうだな、君が急ぐ理由は——」

乱歩はからから笑ってから織田作を見る。

乱歩「君は――」

乱歩は静かに織田作を見つめる。

乱歩「君…悪いことは云わない。目的地には行ってはいけない。考え直すべきだ」

織田作「何故だ？」

乱歩「だって、行ったら君……………………………………死ぬよ？」

織田作は乱歩に背を向けて、

織田作「知っている」

織田作が去って行く。

【15】洋館

二人のミミック兵がいる。

ミミックB「…来るかな」
ミミックC「…どうだろうな」
ミミックB「…もし来なかったら…俺達の戦いはこれからも…」

ミミックBが俯《うつむ》く。

ミミックC「おい」

ミミックCは同情しつつもたしなめる。

ジイドがやって来る。

ミミック兵達が姿勢を正す。

ジイドは片手で「楽にしろ」と合図を送る。

ジイド「…奴《やつ》は来る」
ミミックB「…コマンダント」
ジイド「…悲しい血が流れたな」
ミミックB「…はい」
ジイド「…あの子達だけではない。未来は奪《うば》われ続ける。かつて祖国が我々の未来を奪ったように」
ミミックC「…ええ」
ジイド「…地獄《じごく》は続くか…ここで終わるのか…いずれにせよ、この戦いが終わった頃《ころ》には答えは出ているはずだ。気を引き締《し》めてかかれ」

ミミックBC「はい!」

ジイドは微笑《ほほえ》み、去って行く。

ミミックB「…そうだな…この戦いが終われば…」

二人の背後から織田作が現れる。

織田作「ちょっと訊《き》いていいか?」

織田作はミミック兵が銃《じゅう》を構える前に両脇《りょうわき》の拳銃嚢《ホルスター》から拳銃《けんじゅう》を抜《ぬ》き、額めがけて左右同時に二発ずつ撃《う》つ。

絶命するミミック兵。

銃をしまう織田作。

織田作「…」

　高所に狙撃兵《そげきへい》が現れる。
　織田作にはまだ気づいていない。
　指を鳴らす織田作。
　狙撃兵が銃を構えようとする。
　織田作は銃を抜き、狙撃兵の頭部を撃ち抜く。
　落下していく狙撃兵。
　織田作は銃をしまう。

織田作「…」

　自らの手を見つめる織田作。
　敵の気配を感じ、一度身を隠《かく》す織田作。

ミミック兵達が現れる。

織田作を探すミミック兵。

二丁拳銃を構えた織田作が現れる。

前のめりに床《ゆか》へと飛び込みながら二発。

前転してから走行方向を横に変え、部屋の隅《すみ》へと跳《と》びながら二発。

足下で短機関銃《きかんじゅう》の銃弾《じゅうだん》が弾《はじ》ける。
着弾点《ちゃくだん》を予測して疾走《しっそう》しつつ二発。

最後に両手の銃を揃《そろ》えて中央の敵に二発。

その場に居た敵を一掃《いっそう》する織田作。

織田作「…」

弾倉《だんそう》を交換《こうかん》する織田作。

四人のミミック兵が短機関銃を撃ちながら前進してくる。

織田作は先頭のミミック兵に走って接近しながら、銃撃《じゅうげき》を放つ。

兵士が額に弾《たま》を受けてのけぞる。

その懐《ふところ》に素早く駆《か》け込み、兵士の体を遮蔽《しゃへい》にしてさらに二発。

二番目のミミック兵が喉《のど》に弾丸《だんがん》を受けて絶命する。

死んだ兵士の胸板を蹴《け》り、後続の兵士に向けて飛ばす。

三番目の兵士が死体を払《はら》おうとした隙《すき》をついて側方に回り込み、

掌拳《しょうけん》を顎《あご》に叩《たた》き込む。顎が真横まで振《ふ》れたところを頭頂部に一発。

最後の兵士が撃つ短機関銃の銃弾を、横に跳《は》ねて避《よ》け、水平に追ってくる射線を、三角跳躍《ちょうやく》でさらに回避《かいひ》。

敵の真上まで跳んでから残った弾丸を全弾斉射《せいしゃ》する。

織田作「…」

織田作は弾倉を捨て、新しい弾倉に交換する。

世界が一瞬《いっしゅん》灰色になる。

織田作「！」

前方に跳躍する織田作。

同時に爆発《ばくはつ》が起きる。

拳銃を取り落とす織田作。

なんとか立ち上がるが、脇腹《わきばら》を痛めている。

ロープが垂れ下がり、四人のミミック兵が降下してくる。

周囲からも四人のミミック兵が現れる。

降下して来た兵を左右の銃で二発ずつ撃つ。

迫《せま》って来た兵を、コートの裾《すそ》を翻《ひるがえ》しながら半回転し、低い姿勢で二発ずつ。

四人の兵士が織田作を囲み、一斉《いっせい》に射撃《しゃげき》する。

織田作は身体《からだ》をほぼ水平に倒《たお》して回避する。
そのままの体勢で両手を交差して左右の銃《じゅう》で二発。
胸を天井《てんじょう》に向けるほど体を反らして左右の敵に二発。
静寂《せいじゃく》。
織田作「…」
織田作が起き上がる。
銃声《じゅうせい》。
織田作「！」

副司令官が織田作の胸に一発命中させている。

更《さら》に引き金を引くが、ジャムる。

副司令官が銃を捨て、跳躍し、落ちている機関銃を拾う。

織田作も跳躍し、間合いを取りつつ構える。

互《たが》いに撃《う》ち合いながら向かって行く。

銃を撃ちながらの肉弾《にくだん》戦。

副司令官の喉を銃弾が貫《つらぬ》き、倒れる。

織田作「……！」

激痛をこらえながら防弾《ぼうだん》ベストを脱《ぬ》ぎ捨《す》てる織田作。

織田作「…?」

副司令官が生きていることに気がつく。

織田作「とどめは要《い》るか?」

副司令官の頭部に銃口《じゅうこう》を向けながら訊《たず》ねる織田作。

副司令官「………ああ……頼《たの》む……」
織田作「何か言い残すことは?」
副司令官「有り難う…戦ってくれて…」

副司令官は薄《うす》く微笑《ほほえ》み、目を閉じる。

副司令官「司令官はこの先だ…彼も、救ってやってくれ………この、地獄《じごく》から…」

織田作は引き金を引く。

織田作「ああ。判っている」

織田作が去って行く。

【16】ポートマフィア首領 執務《しつむ》室

鷗外がいる。

太宰がやって来る。

鷗外「おや太宰君。君のほうから来るとは珍《めずら》しいなあ。紅茶を用意させよう。北欧《ほくおう》産のものすごく高価な葉が届いてねえ。饅《まん》頭《じゅう》にかけて食べるとこれが絶品で——」
太宰「首領、私が何の為《ため》にここに来たか、ご存じなのでは？」
鷗外「勿論《もちろん》だよ太宰君。緊急《きんきゅう》の用件だね？」
太宰「そうです」
鷗外「いいよ。その用件が何であれ、認可しよう。俊英《しゅんえい》たる太宰君の考えだ。間違《まちが》っていよう筈《はず》がない。君はいつだって私とポートマフィアに絶大な貢献《こうけん》をしてきた。今日もそうであることを願うよ」
太宰「では織田作を救援《きゅうえん》するため、幹部級異能者の小隊を編成し、ミミック本部へ強襲《きょうしゅう》をかける許可を頂けますね」
鷗外「いい切り込みだ。時として自分の本音を先に開示することは、最大の交渉《こうしょう》力となり得る。いいよ、許可しよう。だが理由を教えて貰《もら》えるかな？」
太宰「今、織田作は敵組織の本拠地《ほんきょち》で、単身による威力偵察《いりょくていさつ》を行っています。このままでは貴重な異能者である織田作が死にます」
鷗外「だが彼は最下級構成員だ。幹部級を最前線に晒《さら》してまで救出する必要があるのかね？」
太宰「あります……あるに決まっている」
鷗外「…」

太宰と鷗外の視線が交錯《こうさく》する。

鷗外「…太宰君、ひとつ訊《き》きたい。君の計画は理解できる。だが織田君はおそらく、誰《だれ》かの救援など望んではいないだろう。それについてはどう思うね？」

太宰「…」

鷗外「太宰君。首領と云《い》うのはねえ、組織の頂点であると同時に組織全体の奴隷《どれい》だ。ポートマフィアを存続させるためなら、凡《あら》百汚穢《ゆるおわい》に進んで身を浸《ひた》さなくてはならない。敵を減耗《げんもう》させ、味方の価値を最大化し、組織の存続と繁栄《はんえい》の為なら論理的に考え得るどんな非道も喜んで行わなくてはならない。私の云う事が判るね？」

太宰はくるりと踵《きびす》を返し、鷗外に背中を向けた。

太宰「失礼します」

鷗外「何処《どこ》へ行くのかね？」

太宰「織田作の許へ」

顔を向けず、出口まで歩く太宰。

自動小銃《しょうじゅう》を構えた男達が太宰を囲む。

太宰「…」

鷗外は太宰に向かって微笑んでいる。

【17】舞《ぶ》踏《とう》室

織田作がやって来る。

織田作「…」

ジイドの声が聞こえてくる。

ジイド「（OFF）一粒《ひとつぶ》の麦、もし地に落ちて死なずばただ一つにてあらん。死なば…」

織田作は銃《じゅう》を抜《ぬ》きながら振《ふ》り返る。

背後にジイドが立っている。

織田作「――死なば多くの実を結ぶべし」
ジイド「『ヨハネ伝』第十二章二十四節。見掛《みか》けによらず博識だな、
　サクノスケ」
織田作「…」
　織田作の銃はジイドに照準を合わせている。
ジイド「ご足労、感謝するよ」
　織田作が銃を撃《う》つ。
　頭を振って弾丸《だんがん》を回避《かいひ》するジイド。
ジイド「子供達には申し訳ないことをした…だがその価値はあった
　ようだな」

織田作が銃を撃つ。

ジイドは頭を逆側にそらして回避する。

ジイド「貴君の目は乃公《おれ》と同じだ。乃公や部下と同じ、生存の階段から降りた目だ」

織田作「…」

ジイド「ようこそ、サクノスケ。乃公達の世界へ」

ジイドが何の前触《まえぶ》れもなく二挺《ちょう》の銃を抜き、織田作に向ける。

銃を向け合ったまま互《たが》いに静止する。

織田作「お喋《しゃべ》りな男だ」

ジイド「ではお喋りはこのくらいにしよう」

互いに撃ち合いながら突進《とっしん》する。

至近距離《きょり》で撃ち合いながらの肉弾戦《にくだんせん》。

ジイドの撃った銃弾《じゅうだん》が織田作の左手の銃を弾《はじ》き飛ばす。

織田作は右手の銃でジイドの左肩《ひだりかた》を撃ち抜く。

ジイドの左手の銃が床《ゆか》を転がって行く。

織田作「未来が読めなかった気分はどうだ？」

ジイド「この世のものとは思えぬほど…最高の気分だ」

二人が撃ち合いながらいなくなる。

【18】ポートマフィア首領 執務室《しつむ》

太宰は自分に向けられた銃口《じゅうこう》を静かに見つめる。

鷗外「紅茶が未《ま》だだよ太宰君、まあ座りなさい」
太宰「織田作が待ってる」
鷗外「座りなさい」
太宰「ずっと考えてました。マフィアとミミックと黒い特殊《とくしゅ》部隊。この三組織をめぐる対立は誰《だれ》が操っているのか。そして安吾が異能特務課だと気付いた時、ひとつの結論に達しました。これは異能特務課の計略だという結論です。マフィアとミミック、政府の頭痛の種である二つの犯罪組織を潰《つぶ》し合わせ、あわよくば共倒《ともだお》れを狙《ねら》う——それが特務課の描《えが》いたシナリオであり、この抗争《こうそう》の正体なのだと思いました。だが私は間違《まちが》っていた」

太宰が鷗外を見る。

鷗外「聞いているよ」
太宰「この絵を描いたのは首領、あなただ。犯罪組織ミミックの脅《きょう》威《い》を利用し、異能特務課を交渉《こうしょう》のテーブルに引きずり出した。そして、その計略の中心的な手駒《てごま》となったのが、安吾だ」

太宰は半ば目を閉じるように云《い》う。

太宰「首領、あなたが安吾をミミック内に潜入《せんにゅう》させたのは、ミミックの情報を得る為《ため》ではなかった。何故《なぜ》ならあなたは、安吾が異能特務課だと最初から知っていたからです。そうですね？」
鷗外「ほう」
太宰「安吾はミミックの内部情報をこちらに伝えると同時に、異能特務課にも伝える役割を持っていた。ミミックは交渉も妥協《だきょう》も通じない戦場を求める亡霊《ぼうれい》です。その危うさはマフィアの比ではない。このままでは遠からず政府機関と衝突《しょうとつ》することになる。異能特務課はそう思った。そしてポートマフィアにミミックをけしかける作戦を思いついた。そして安吾を介《かい》してミミックに情報を流し、操作した。ミミックが嚙《か》みつけば、マフィアも反撃しない訳にはいかない。異能特務課はそう考え、安吾に作戦を指示した——あなたの狙い通りに」

鷗外「あまり買い被《かぶ》られると困るね。政府機関は我々マフィアにとっても鬼《おに》のような存在だよ。気軽に操れる相手じゃない」

太宰「だからこんな大掛《おおが》かりな仕《し》掛《か》けを描いたのでしょう？　おっしゃる通り、異能特務課は鬼のような存在です。ポートマフィアがどれ程強大な力を持っていても、異能特務課の機嫌《きげん》を損ね、徹底《てってい》的に弾圧《だんあつ》される可能性に、常に怯《おび》えていなければならなかった。だからあなたは、ミミックを潰すかわりの対価を求めた」

鷗外が微笑《ほほえ》みながら黒封筒《ふうとう》を取り出す。

太宰は鷗外に近付いて、黒封筒の中身を取り出した。中には一枚の証書。流麗《りゅうれい》な字で文言が書かれ、政府の印鑑《いんかん》が押されている。

太宰「異能者組織としての活動を許可するこの証書――『異能開業許可証』を」

【19】舞踏室《ぶとう》

織田作と至近距離《きょり》で銃《じゅう》を撃《う》ちながら格闘《かくとう》している。
互角《ごかく》の攻防《こうぼう》。
同時に引き金を引くが、弾切《たまぎ》れ。
織田作「…」
ジイド「…」
同時に弾倉《だんそう》を交換《こうかん》する。
同時に終え、同時に互《たが》いの眼前に銃を突《つ》きつける。

静寂《せいじゃく》。

ジイド「サクノスケ…最高だ。何故もっと早く乃公《おれ》の前に現れなかった」

織田作「悪かったな。今日はとことん付き合ってやる」

ジイド「…何故殺しを止めた、サクノスケ」

織田作「…何故戦場を求める、ジイド」

ミミックとマフィアの増援《ぞうえん》がやって来る。

織田作とジイドは互いの腕《うで》をからめるように肘《ひじ》を曲げ、そのまま背後の敵を撃つ。

互いの襟《えり》を摑《つか》んで引き、互いを支点に半回転し、背後の敵に向き直り、銃を撃つ。

ジイドが織田作の襟を摑んで引き、織田作がジイドの襟を摑んで引く。

互いを支点に半回転し、背後の敵に向き直り、銃を撃つ。

ミミック兵が仰け反る。

二人は背中を預け、眼前の敵を撃つ。

衣服をはためかせて回転し、互いの位置を入れ替《か》える。

互いの肩《かた》に拳銃《けんじゅう》を載《の》せて台座にし、敵を撃つ。

肩と肩を交差し、回転しながら敵を撃っていく。

二人は共闘《きょうとう》しながら、

ジイド「どうだサクノスケ」

織田作「何がだ」

ジイド「これが乃公の求めた世界だ…この世界に至る、それだけの為に生きてきた」

織田作「何故《なぜ》求めた」

二人が共闘しながらいなくなる。

【20】ポートマフィア首領 執務《しつむ》室

太宰と鷗外が対峙《たいじ》している。

太宰「おそらく二年前、安吾が欧州《おうしゅう》出張に行った時からこの計画は進められていたのでしょう。そこで情報を集め、最も有望な敵候補であるミミックに安吾を接触《せっしょく》させた。ミミックの密入国を裏で手助けしたのもポートマフィアだ。あなたは異能特務課を焦《じ》らせ、重い腰《こし》を上げさせるために、わざと敵対組織を横浜に招いたのです」

鷗外「太宰君、素晴らしい推理だ。何も訂正《ていせい》するところはないよ。だが、一点だけ訊《き》きたいことがある。それの何が悪い？」

太宰「…………」

鷗外「云《い》っただろう。私は組織全体のことを常に考えている。現に太宰「私は…」

　　こうして異能開業許可証は手に入り、事実上政府から非合法活動を認可された。厄介《やっかい》な乱暴者は、たった今、織田作之助君が命を賭《と》して排除《はいじょ》してくれつつある。大金星だよ。なのに君は何をそんなに怒《おこ》っているのかね？」

　絞《しぼ》り出すように言葉を紡《つむ》ぐ太宰。

太宰「私は、ただ、納得できないだけだ。織田作が養っていた孤児《こじ》たちのことを、ミミックに密告《リーク》したのはあなただ。あなたが子供達を殺した。織田作を、ミミックの指揮官に唯一抗《ゆいいっこう》しうる異能者を、敵にぶつけるために」

鷗外「私の答えは同じだよ、太宰君。私は組織の利益のためなら、どんな事でもする。ましてや我々はポートマフィア、この街の闇《やみ》と暴力と理不尽《りふじん》を凝《こご》らせた存在だ。今更《いまさら》何を云うのだね？」

太宰「…」

太宰は踵《きびす》を返し、出口に向けて歩き出す。

鷗外の部下達がいっせいに銃口《じゅうこう》を向ける。

鷗外「君は行ってはならないよ太宰君」

太宰「…」

鷗外「ここに居なさい。それとも、彼の許に行く合理的理由でもあるのかね？」

太宰「云いたいことが二つあります、首領」

太宰は振《ふ》り返り、細めた目で鷗外を見る。

太宰「ひとつ。あなたは私を撃《う》たない。部下に撃たせることもしない」

鷗外「何故かね。君が撃たれることを望んでいるから？」

太宰「いいえ。利益がないからです」

鷗外は微笑《ほほえ》み、

鷗外「確かにそうだね。だが君にも、私の制止を振り切って彼の許に行く利益などないだろう？」

太宰「それが二つ目です、首領。確かに利益はありません。私が行く理由は一つ。友達だからですよ。それでは失礼」

部下達が銃《じゅう》を構え、引き金に指を掛《か》ける。

太宰は全く気にすることなく、出口へ向かう。

部下達が、命令を求めるように鷗外を見る。

鷗外は腕《うで》を組み、太宰の背中を薄笑《うすえ》みで眺《なが》めたまま、何も云わない。

太宰の姿が見えなくなる。

【21】舞踏室《ぶとう》

織田作とジイドは共闘《きょうとう》しながらミミック、マフィアを倒《たお》している。

二人とも深手を負っている。

攻撃《こうげき》は散発的になってきている。

ジイドが織田作の背後のマフィアを撃つ。

ジイド「乃公《おれ》は英雄《えいゆう》だった」
織田作「…」
ジイド「かつて世界を巻き込んだ大戦の中で、数知れぬ勝利を打ち立て、数え切れないほどの味方を救った。祖国を守ること、自分の育った土地で生きる人々のために戦うこと、彼等のために死ぬことが、自分の天命だと信じていた」

織田作がジイドの背後から現れたミミック兵を撃つ。

ジイド「戦争犯罪者に仕立て上げられたんだ、乃公達は…味方の裏切りでな」

織田作「…」

ジイド「乃公達は流浪《るろう》した。非合法の傭兵《ようへい》として、表にされない汚《よご》れ仕事を請《う》け負って生き延びた。祖国を守って戦い、死ぬはずだった乃公達の命は、誰《だれ》のためにも使われず、ただくすんで汚れ、地に堕《お》ちていった」

織田作が撃ったミミック兵が苦しんでいる。

ジイドが近づくとミミック兵は安堵《あんど》した表情を浮《う》かべる。

ジイドがとどめを刺《さ》す。

ジイド「部隊の中には自殺するものも居た。乃公はそれを止めなかった。止める言葉などあるはずがない」

織田作「…」

ジイド「だが死ねないものもいた。乃公達はどこまでも軍人であり、自ら死ぬことは軍人であることを否定することだった。戦い、傷つき、仲間を失い、それでも立ち上がること。それが乃公達がかつて軍人であったということの意味であり、今も乃公達を軍人として駆動《くどう》させている血液だった。乃公達は戦場を求めた。軍人であることを証明してくれる場所を。何かの為《ため》に戦い、たとえ死ぬことになろうとも、自分たちが何者であるかを確かに思い出させてくれる場所を…乃公達は戦場を彷徨《さまよ》う幽霊《ゆうれい》となった。祖国を失い、誇《ほこ》りを失い、ただ敵を求めて戦い続ける、荒野《こうや》の死霊《しりょう》となった」

織田作「…」

　ジイドがマフィアを撃つ。

ジイド「お前は何故《なぜ》殺しを止めた？」

織田作「十四歳の時だ。ある人が俺に小説をくれた。俺がずっと探していた小説の下巻だ。読む前に、ひどい本だと釘《くぎ》を刺された」

ジイド「どうだった」

織田作「…素晴らしい本だった。それまでの俺には殺ししかなかった。任務の為に人を撃ち、命を奪《うば》う。その本は俺の目を開かせた。ただひとつ、その下巻には欠点があった。最後に近い数ページが切り取られていた。おかげで重要なシーンを知ることができなかった」

ジイド「…」

織田作「その下巻の一文、切り取られたシーンの直前に、こういう台詞《せりふ》があった『人は自分を救済する為に生きている。死ぬ間際にそれが判るだろう』深い意味などないのかもしれない。情報と情報の間のつなぎの台詞に過ぎなかったのかもしれない」

ジイド「……」

織田作「…俺は自分で書こうと思ったんだ。あの本の続きを。小説家になって。小説家になるには、人間が生きるという事を真《しん》摯《し》に知る必要があった。そして俺は、殺しをやめた」

ジイド「……」

ミミックが現れ、織田作が撃つ。

ジイド「小説家か。お前ならなれたかも知れないな」

マフィア、ミミックが二人ずつ現れる。

織田作、ジイドがそれぞれ射殺する。

ジイド「終わりの時が近いな」

織田作「教えてくれ、ジイド。違《ちが》う場所を目指そうとは思わなかったのか。途中《とちゆう》で生き方を変えることは出来なかったのか。戦場を求め死を求める他に、何か別の」

ジイド「途中で生き方を変える？　そんな事が出来る筈《はず》がないだろう」

ジイドは悲し気に微笑《ほほえ》み、

ジイド「乃公《おれ》は軍人として死ぬと仲間達に誓《ちか》った。それ以外になることなど不可能だ」

互《たが》いに銃《じゆう》を向けあう。

ジイド「だが…あるいはそれは、出来たのかもしれない。もっと前の時点で、生き方を曲げ、軍人でない何かになることは、可能だったのかも…お前が殺しをやめたように。お前のような強さがあれば、乃公にも、いつか…」

互いに引き金を引く。

銃声《じゅうせい》が鳴り響《ひび》く。

世界が灰色に変わる。

織田作「ひとつ心残りがある。友人にさよならを云《い》っていない。この世界でずっとただの友人で居てくれた男だ。この世界に退《たい》屈《くっ》し、ずっと死を待っていた」
ジイド「その男も乃公と同じように、死を求めていたのか？」
織田作「いいや、違うと思う。最初、お前と太宰は似ていると思った。自分の命に価値を見ていない、死を望んで暴力と闘争《とうそう》のなかに飛び込んでいく。だが違うんだ。あいつはあまりに頭の切れる、ただの子供だ。暗闇《くらやみ》の中で、俺達が見ている世界よりもはるかに何もない虚無《きょむ》の世界でひとり取り残され、ただ泣いている子供だ」

ジイドの胸に弾丸《だんがん》が吸い込まれて行く。

ジイド「最後まで素晴らしい弾丸だ。部下に会いに行くよ。子供達によろしくな」

ジイドが微笑む。

織田作も微笑む。

二人は同時に、同じ姿勢で、仰向《あおむ》きに倒《たお》れていく。

世界が色を取り戻《もど》して行く。

太宰が駆《か》けてくる。

太宰「織田作！」

太宰は織田作の隣《となり》に膝《ひざ》を落とす。

太宰「莫迦《ばか》だよ織田作。君は大莫迦だ」
織田作「ああ」
太宰「こんな奴《やつ》に付き合って死ぬなんて莫迦だよ」
織田作「ああ」

織田作は微笑む。

織田作「太宰…云っておきたい事がある」

太宰「駄目《だめ》だ、止めてくれ。まだ助かるかも知れない、いや、きっと助かるよ。だからそんな風に」

織田作「聞け」

織田作は血に濡《ぬ》れた手で、太宰の手を握《にぎ》る。

織田作「お前は云ったな。暴力と流血の世界にいれば、生きる理由が見つかるかもしれない、と…」

太宰「ああ、云った、云ったがそんな事は今」

織田作「見つからないよ」

織田作は囁《ささや》くような声で云う。

織田作「自分で判っている筈だ。人を殺す側になろうと、人を救う側になろうと、お前の頭脳の予測を超《こ》えるものは現れない。お前の孤独《こどく》を埋《う》めるものはこの世のどこにもない。お前は永

　遠に闇《やみ》の中をさまよう」
太宰「織田作…私は、どうすればいい？」
織田作「人を救う側になれ」
太宰「…」
織田作「どちらも同じなら、佳《よ》い人間になれ。弱者を救い、孤児《こじ》を守れ。正義も悪も、どちらもお前には大差ないだろうが…そのほうが、幾分《いくぶん》かは素敵だ」
太宰「何故《なぜ》判る？」
織田作「判るさ。誰《だれ》よりもよく判る」
太宰「…判った。そうしよう」
織田作「『人は自分を救済する為《ため》に生きている。死ぬ間際にそれが判るだろう』か…その通り…だったな…」

　織田作が微笑する。

織田作「カレーが食いたいな…」

織田作は震《ふる》える指で、コートから煙草《たばこ》を取り出し、銜《くわ》える。

太宰が燐寸《マッチ》を受け取り、煙草に火をつける。

織田作は目を閉じて、火のついた煙草を吸い込み、満足そうに微笑む。

煙草が床《ゆか》に落ちる。

織田作の体から命が抜《ぬ》けて行く。

太宰「…」

太宰は織田作の隣に膝を落としたまま、顔を天井《てんじょう》に向けて目を閉じる。

【22】エピローグ

ポートマフィア首領 執務《しつむ》室。

鷗外は紙片を手にし、

鷗外「『その者、泰然自若《ニル・アドミラリイ》なる所作にて紛々《ふんぷん》たる万事、破竹の如《ごと》くせしむる也』、か…」

傍《かたわ》らに立つ部下が声を掛《か》ける。

マフィア「首領。幹部の太宰殿《どの》が消息を絶って既《すで》に二週間です。そろそろ次の幹部を決定する為、五大幹部会を…」

鷗外「うん…そうだね」

鷗外はどうでも良さそうに答え、持っていた紙片を折り畳《たた》みはじめる。

鷗外「幹部会は開かない。太宰君の居た席は空席のままにしておこう」

鷗外は紙片を折り畳んで不格好な紙飛行機の形にする。

鷗外「詰《つ》まらなくなるねえ……」

頬杖《ほおづえ》をついたまま指で投げ放った。

×　　×　　×

軽飛行機のプロペラ音が聞こえる。

飛行機の中には数名の乗員。

内務官僚《かんりょう》「あと一時間ほどで、次の任務地となる着陸地点に到着《とうちゃく》します」

安吾「ああ、判った」

安吾は数枚の紙片を熱心に見詰《みつ》めていた。

内務官僚「…坂口捜査《そうさ》員。その写真は、次のターゲットですか？」

安吾は写真を服に仕舞《しま》う。

安吾「いいや、何でもないよ。プライベートの写真だ」

安吾は視線を窓の外に向けて、眼下の都市を物憂《ものう》げに眺《なが》める。

×　×　×

種田がいる。

太宰がやって来る。

種田「君の顔は報告書でよく見たなあ。要注意監視《かんし》リストの常連だ」

太宰は笑顔で肩《かた》をすくめる。

種田「君は暫《しばら》く組織から行方《ゆくえ》を眩《くら》ませとった筈《はず》だが…」
太宰「転職先を探していましてね。どこかお勧《すす》めはありませんかね？」
種田「特務課を志望かな？　そうなら——」

太宰は苦笑し、

太宰「そちらは辞退しますよ。規則の多い職場は肌《はだ》に合わなくてね」
種田「では何が希望だ？」
太宰「人助けが出来るところ」
種田「心当たりがないでもない」
太宰「伺《うかが》いましょう」
種田「異能力者を集めた武装組織だ。軍警や市警に頼《たよ》れぬ、灰色の厄介事《やっかいごと》を引き受け解決する。そこの社長は心ある男でな。君の希望に添《そ》うかもしれん」

種田がいなくなる。

×　　×　　×

ＢＡＲルパン。

ＪＡＺＺが流れている。

太宰がグラスを玩《もてあそ》んでいる。

傍らには白い花の花束。

太宰「…」

ＪＡＺＺが流れている。

※２７５頁参照
ドアの前に織田作が立っている。

太宰「やァ、織田作」

織田作は何も答えない。

太宰「見つけたよ…人を救うことが出来る仕事」

織田作は何も答えない。

太宰「…喜んでくれるかい？」

織田作は微笑《ほほえ》み、去って行く。

太宰「…堅豆腐《かたどうふ》、食べて貰《もら》おうと思っていたのになあ」

目を閉じ、俯《うつむ》く太宰。

ＪＡＺＺが流れている。

幕

舞台

文豪ストレイドッグス

Bungo Stray Dogs on Stage

黒の時代

SCENARIO AND INTERVIEW BOOK

キャストインタビュー　織田作之助

谷口賢志

谷口賢志【たにぐち・まさし】

1977年11月5日生まれ、東京都出身。

1999年ドラマ「救急戦隊ゴーゴーファイブ」（ＥＸ）のゴーブルー／巽流水役でデビュー。最近の出演作に、ドラマ：「仮面ライダーアマゾンズ」（Amazonプライム・ビデオ）、映画：「仮面ライダーアマゾンズ THE MOVIE 最後ノ審判」「どうしても触れたくない」、舞台：「真・三國無双」シリーズ、『ジョーカー・ゲーム』シリーズなどがある。

「小説家になりたかった男の物語を小説で描《か》くんだな」

――原作アニメをご覧になった時の印象を、お聞かせ頂けますでしょうか？

谷口　純粋《じゅんすい》に面白かったです。作品の名前は以前から知っていて、たまたまテレビで見ていたんです。人気も出て、おそらくこれは舞台《ぶたい》にもなるんだろうな、という印象を受けていました。実際に舞台第一弾《だん》が始まった時にメンバーの顔ぶれを見て、素晴らしい舞台になるんだろう、とも感じていました。

アニメ版『黒の時代』は、やっぱり織田作之助が叫《さけ》ぶシーンがとても印象的でしたね。演出方法や台詞《せりふ》を含《ふく》め、音楽の入り方なんかも、自分が演じる時にどう落とし込んでいこうかな、と考えながら見ていました。

――脚本《きゃくほん》を読まれた時の第一印象を、お伺《うかが》いしたいのですが。

谷口　第一印象は「小説家になりたかった男の物語を小説で描くんだな」です。舞台の幕が上がると一冊の小説が始まる、幕が下りた時に織田作は舞台上では小説を書けなかったけれど、彼の人生はこの舞台として……小説として残っている。それが多和田秀弥演じる太宰という人間の心に残る脚本なんだな、と思いました。だからこそこれだけの文字数であったり、僕の台詞量なんだなと、腑《ふ》に落ちました。

——今回の脚本は、稽古《けいこ》に入る頃《ころ》、届いたとか。

谷口　稽古開始の前日ですね。

——にもかかわらず、稽古の時にはもう台詞を全部覚えて、谷口さんは台本を持っていなかったと聞いたのですが。

谷口　ＫＡＤＯＫＡＷＡさんと演出家に「覚えろ」と、喧嘩《けんか》を売られたので一日二日で覚えました。それは、いい喧嘩の売られ方でしたし、主役としてそれを全部背負ってやろうと思っていたので、特に覚えることに対しては何も思わなかったんですけど。シェイクスピアなどもそうですが、演劇を圧倒《あっとう》的な文字数で上演するのは、文豪《ぶんごう》や小説家の手法だなと感じます。だから『黒の時代』には、本来は物語を構成する上で情報過多になるのをさけるために、普通《ふつう》はカットするような台詞が沢山《たくさん》あると思うのですが、あえてこの量でやるということは、この作品を小説にしたいんだろうな、と受け取りましたし、そのつもりで演じました。

——そんなお気持ちで入られた稽古場の雰囲気《ふんいき》、印象に残っていることをお伺いしたいです。

谷口　僕は中屋敷《なかやしき》さんとは初めてだったんですが、才能がある演出家だとはかねがね聞い

ていました。その彼が『文豪ストレイドッグス』の世界を舞台でどう作るのか、非常に興味を持っていました。

中屋敷さんのやり方はすごく面白いなと思うことも多くて。一方で、僕と彼がやってきた演劇は違《ちが》うんだろうなと感じる場面もあって、いい意味で彼のやってきたものを受け止めつつ、僕がやりたいものと融合《ゆうごう》できればいいなと考えていました。だから基本的にはまず彼のオーダーを完璧《かんぺき》に提示して、その上で自分がやりたいことを乗せる方法で、稽古を作っていきましたね。

中屋敷さんは、全部一回作って、それにどんどん付け加えていくという作業を毎日していました。毎日演出を変えていくので、僕から具体的に「こうしたい」と言ったのは二つだけです。演出が変わるかねあいで一日十回くらい死ぬ稽古日もあってとても大変な作業でしたが、彼はそれを毎回真剣《しんけん》に見て、「これはもっとこうできる」と頭を掻《か》きむしって考えてくるのがとても印象的でした。僕もそれに負けないように考えて、その意味ではいいディスカッションというか、切磋琢磨《せっさたくま》できたと思います。

――稽古場の皆《みな》さんで、作り上げていくという感じだったんでしょうか。

谷口　実は今回、僕は「誰《だれ》にも何も言わない」と決めて、稽古場に入りました。本来は一《いっ》緒《しょ》になったキャストたちにアドバイスするタイプの俳優なんですが、演じる織田作之助が多くを語らない人間なので、ただ「自分のことをやる」という心構えでいたんです。だから、多和田にも荒木(坂口安吾役・荒木宏文さん)にも、他のキャストにも何も言っていません。

ただ、言葉はなくても僕が一日で脚本を覚えて、脚本を持たずに稽古をしたり、殺陣《たて》を一瞬《いっしゅん》で覚えたりしたら、彼らもやらなければならない。いい稽古場、いい現場でしたが、そういう意味では僕が言葉でなく行動で語ったことを、彼らが受け止めてくれて研《と》ぎ澄《す》まされていたのかな、とは思います。

今回は「織田作之助として生きるから、他のことには興味ない。小説を書きたいだけだ」という姿勢を貫《つらぬ》いて、誰とも喋《しゃべ》らなかったのでみんなの印象が特になくて……。逆にみんなの僕に対する印象を聞いてみたいですね。彼らからすると「賢志さんは、すぐ脚本覚えてきてプレッシャーになった。全部すぐに覚えるしできるようになっちゃうから怖《こわ》かった」というのは、あったのではないかと思います。

「僕が書いたものなど全く気にしなくていいので、皆さんが自分がやりたい織田作之助、太宰治をやって下さい」

——原作の朝霧《あさぎり》さん、脚本の御笠ノさん、演出の中屋敷さんについて印象に残っているエピソードを教えて頂きたいです。

谷口　カフカ先生は顔合わせの時に、「この『黒の時代』を表現するにあたり一番あっているのが、演劇だと信じています」と言って下さったのが印象に残っています。その上で「僕が書いたものなど全く気にしなくていいので、皆さんが自分がやりたい織田作之助、太宰治をやって下さい。最高に面白い舞台にして下さい」という言葉も下さって。その場にいたみんなもそうだと思うのですが、原作の先生からそう言って頂いたのは非常に力になりました。

元々原作があって何かを作る時は色々な制約があって、演劇としての面白さを表現しづらくなってしまう場合もあります。でも原作の先生が最初に、「僕なんか気にしなくていいので面白いものを作って下さい」と言って下さったんです。自分が小説で書いたことより「演劇でやったほうが、絶対に面白いものができると思います」なんて、僕たちの前でそんな感動的なことを言ってくれる人がいるのかと思って、とてつもない勇気というか、力を頂きました。しかも、実際に何度も観に来て下さって、毎回泣いて帰って行かれるのがとても嬉《うれ》しかったです。

御笠ノさんには、最初に「今回、織田作之助役が谷口さんなんで、勝負させてもらいました」という言葉を頂きました。「演技ができない子には、この脚本は書けません。谷口賢志さんだからこそ、僕のやりたいことを全部詰《つ》め込んで勝負させてもらいました」と、仰《おつしや》っていて。それで初日が終わった後に、「ありがとうございます。最高の演劇を見せてもらいました。やっぱりこれが演劇ですよね」と言って頂いたんです。舞台を見て御笠ノさんがそう言ってくれたので、彼の思《おも》い描《えが》いた脚本に近づけていたのかな、と思いました。御笠ノさんが色々仕事をされている中で、『黒の時代』は特に演劇的な作品として観客に届けられたんだな、と非常に嬉しかったです。

それから中屋敷さん……彼はなんかすごい、面白いなって思います（笑）。実は心が怖がりだから、自分を鼓《こ》舞《ぶ》して生きてるんだろうな、と感じますけど、本当に才能がある方です。

特に面白いと思ったのが、織田作が叫《さけ》ぶシーン（※【12】輸入承認事務所、135頁）の演出にまつわる出来事です。最初に中屋敷さんが持ってきたのが、アニメと同じような演出プランだったんです。音楽がかかって、僕が台詞を言っている後ろで、録音の叫び声が聞こえている、という。それも素敵だったんですが、せっかく演劇なので「一回だけ、僕が本当に叫んでいるプランでやっていい？」と初めて自分からやりたいことを提案したんですよ。彼は「はい、わかりました」と言ってくれたんですが、実はやって欲しくなかったんじゃないかな。プライドをかけて考えて、あの演出がいいと持ってきたわけですからね。気持ちはわかりますが、僕もこういう性格なので、初めての通《とお》し稽古《げいこ》の時に、彼に何も言わずに実際に叫んだんです。そしたら、その後のシーンで出てきた子どもたち（アンサンブル）が、本当は笑顔で出てきて僕に一つずつ物を渡《わた》さなければいけないのに、大号泣して出てきたんです。彼らは基本的にはダンサーだし、芝居《しばい》をしたことがない子もいて、目の前で人が「本気で絶叫《ぜっきょう》した」というのをもろにくらって、誰も笑えなかったんですよね。これはとっても演劇的な経験だと思うんですが、彼らにその感情を与《あた》えられただけでも、僕はやった意味があったなと満足でした。

でもそこから、中屋敷さんは「録音でやりたい」と言うし、アンサンブルの子は「いや、賢志さんの叫びです」と言うし、議論になりました。その翌日に台詞《せりふ》の録音があった時に、「賢志さん、一応叫び録《と》っておきますか？」と中屋敷さんが言って、僕は録るつもりだったんですが、周りの意見が録らないでいいという方向で纏《まと》まって、結局叫びは録らなかったんです。けど、中屋敷さんは最後まで「賢志さん、絶対に声が嗄《か》れないですか？　全公演、絶対に声が出ますか？」と言っていて……。彼も演出家として公演のクオリティも考えて、プライドを持って録音案を推しているし、もちろん僕も俳優としてのプライドを持って、実際に叫びたいと提案している。表面的には見せていませんが、僕と中屋敷さんは、毎日そういう戦いができたので、それが楽しくて印象的でした。叫びの話も、僕のプランが勝ったということではなくて、彼の演出を受けて刺激《しげき》されて、思いついたことをお互《たが》いぶつけあって、ＷＩＮＷＩＮの関係だからできたことだと思います。

　公演の最後に「中屋敷、また絶対やろうな」と声をかけたら、「いや僕は、賢志さんとは二度とやりません」と返されたんです。「なんで？」と尋《たず》ねたら、「僕はたぶん生涯《しょうがい》で谷口賢志を一番かっこよく魅《み》せられる作品を今回で作ったので、もう谷口さんとはできないと思います」と言われました。「確かにそれはそうだな。俺はお前から受ける演出で一番いい役をたぶんやったかもしれないな。じゃあもう二度と会わないかもな」と、別れたのもすごく印象的というか。僕の性格にもあっているんでしょうね。『文豪《ぶんごう》ストレイドッグス』みたいな世界。違《ちが》う現場にいけばライバルになるし、仲良しでやるというよりは、全員で殺し合うような真剣《しんけん》な世界だと思います。でもそんな中で、一緒にものを作る時には切磋琢磨していい勝負ができる、それが面白かったし、間違《まちが》いなく才能のある演出家なんだと思いました。

「一回で伝説になりたいんです」

――同じ本に太宰治役の多和田さんと坂口安吾役の荒木さんのインタビューも収録します。お二方のシーンや台詞で、特に印象的なものを伺《うかが》えればと思います。

谷口　太宰の印象的なところは、演劇ならではの感情の発露《はつろ》で、織田作を止めにくるシーン（※【13】カレー屋、137頁）ですかね。僕は初共演だったんですが、多和田秀弥という俳優はある種のすごい才能があって、表情も言葉の感じも、毎日芝居が違うんですよね。僕は『黒の時代』で、多和田秀弥という俳優が太宰からはみ出す瞬間《しゅんかん》をいっぱい作りたいと思って、稽古場《けいこば》でいろんなパスを投げたんです。

「小説家になりたかった」と強く言うこともあったし、それは「キャラとか関係ないだろ。好きな相手を止めに来い、本気で」と思っていたからなんですけれど。そういうやりとりを経て、彼が僕を止めるために、全部を超《こ》えてきたと感じた瞬間があったんです。その彼の芝居を受けて、「小説家になりたかった」という台詞を自然に言えるようになった。それは、織田作として生きてよかったと思えたし、そこまでたどり着けたことは幸せな経験でした。

キャラクターからはみ出す、という話をしたのですが、そこがアニメと演劇の違うところだと考えています。アニメだとカット割りや音楽で表現する部分が、演劇では埋《う》まらない場合があるんです。キャラクターからはみ出した谷口賢志、多和田秀弥、荒木宏文が組み合わさるから演劇になって、それが僕たちの、ひいては作品の色になります。それをやるために、中屋敷さんが演出をするから、はみ出さないと面白くないなと思っていました。

その点、荒木もキャラクターからはみ出すところが、沢山《たくさん》ありました。実は、多和田が努力家で荒木が天才肌《はだ》みたいなイメージがあったんですが、実際に会ってみたら逆なのが面白くて。荒木はどちらかと言えば、形とか技術とかすごく練習をして、声優の方の研究もして現場に入ってくるんです。どこかで荒木がそれをできなくなる瞬間を作ってやりたいなと思いながら、どんどん攻《せ》めていったら、彼が僕に「ジイドです、逃《に》げて下さい」と、とんでもない表情で必死に言う、そんな瞬間が生まれました（※【7】気象観測所、90頁）。それがすごく楽しかったな。彼はクールな感じで「他の人の芝居には興味ないよ」

という態度だったんですけど、それは安吾だからそういう風にしているだけで、魂《たましい》はすごく熱いんですよ。

多和田も荒木も、そういう彼らしさが舞台《ぶたい》上で出ていたと思うんです。だからお薦《すす》めの場面とか台詞とかいうよりも、太宰からはみ出してしまう多和田、安吾からはみ出してしまう荒木を見て頂きたいです。

――舞台を何度も見に行ってしまうのは、そういう役者さんの熱量を見たい部分も、あるんじゃないかと思います。

谷口　太宰を違う俳優がやったら、違う太宰になるわけですよね。多和田秀弥の太宰治である意味を探さないと、演劇なんてやる意味がないというか。谷口賢志が織田作之助をやって良かった、という舞台をやっていかないと、と思います。もちろん諏訪部《すわべ》さん（アニメ版　織田作之助役・諏訪部順一《じゅんいち》さん）へのリスペクトを持った上でのことですが。そういう僕たちの『黒の時代』を、スタッフとキャスト全員で探しながら出来た作品だと思っています。

僕は、「終わっちゃったな、いよいよ自分のものじゃなくなっちゃったな」と思ってしまうので、終わった後に自分の作品を見るのがあまり得意ではないんです。でも、今回のインタビューのためにパッケージを見たんですよ。……ちょっと見たら、いいんじゃないですか、『黒の時代』！　自画自賛するのも嫌《いや》ですが、「面白いですよ、この作品」と、思えたのが楽しいです。

――パッケージ特典のメイキング映像も拝見しました。公演初日に、キャストのみなさんが谷口さんを中心に、円陣《えんじん》を組まれているのも熱かったです！

谷口　あれに関しては「絶対入れるな、円陣とか恥《は》ずかしいから絶対入れるな」って言ったのに最悪です（笑）。

――最後にこの本の読者のみなさまにメッセージをお願いします。

谷口　僕は、今回の舞台で一生の宝物だと思っていることがあります。『黒の時代』は、いい意味でカーテンコールをとても大事にする座組でした。余韻《よいん》に浸《ひた》って帰って頂きたいから、一言も喋《しゃべ》らずに帰ろう、本来ならダブルカーテンコールもしないでおきたいという方針が、ＫＡＤＯＫＡＷＡさんや演出から出ていました。そんな中で、ダブルカーテンコールは一応、僕と多和田と荒木の三人でやらせて頂いたのですが、トリプルカーテンコールは賢志さんだけでいい、とスタッフもキャストも全員が言ってくれたんです。僕は、その時もらったスタンディングオベーションが本当に忘れられない。その時、みんなにも受けさせてあげたいからと袖《そで》を見たら、「いい、いい、賢志さんだけでいい」と、みんなが言ってくれているのも、こんな幸せな時間があるのか、と本当に思いました。演劇をやってきたご褒美《ほうび》をもらったな、と感じた作品がこの『黒の時代』です。

本来こういう作品は、次に繋《つな》げよう、パート２、３、４と続くようにしようと考えると思います。ただ僕はこの作品を受けるにあたり、「一回で伝説になりたいんです」と言いました。織田作之助はまさにそういう人間だと思うし、一回で伝説になりたくて全てを注ぎ込みました。舞台でやりたかったのは、太宰に「次は頼《たの》むぞ。生きててくれよ、辛《つら》いだろうけど」と伝えることだけでした。この魂を繋いでいった多和田秀弥が、次の作品でどうなっているか見て欲しいという想いだけで、今回はやらせて頂きました。メイキングでも言ったのですが、鳥越裕貴《とりごえゆうき》（中島敦《なかじまあつし》役）から、植田圭輔《うえだけいすけ》（中原中也《なかはらちゅうや》役）から、全員に嫉《しっ》妬《と》させるためだけにやったんです。本当にそれだけのためです。織田作之助がそういう人間だから、背中を見せて「先輩《せんぱい》はこのくらいできるぞ。お前ら、この次に何を見せてくれるんだ」という、かかってこいというつもりでやりました。だから舞台第三弾《だん》は楽しみですし、絶対に観に行きます。

『黒の時代』に関して言えばもう何もないです。心から全部を込めてスタッフとキャスト、そして観に来てくれたお客さまに感謝しかありません。僕はただ、織田作之助の台詞を言って生きていただけで、それ以上を作ってくれたのは、周りのみんなとお客さまでした。劇場であんなにすすり泣く声を聴《き》くことはたぶん生涯《しょうがい》ありませんし、それを受けて芝居《しばい》できたことをこれからも誇《ほこ》りに思って、俳優をしていきたいなと思います。本当に『黒の時代』を応援《おうえん》して頂いて、ありがとうございました。

――ありがとうございました。

キャストインタビュー　太宰　治

多和田任益

多和田任益【たわだ・ひでや】

1993年11月5日生まれ、大阪府出身。

前作の舞台「文豪ストレイドッグス」に引き続き、太宰治を演じる。2012年ミュージカル『テニスの王子様』2nd シーズンで7代目青学・手塚国光役を演じ、その後もSHATNER of WONDER #4『ソラオの世界』(主演)、『熱海殺人事件 NEW GENERATION』など、数々の話題作に出演。また、『手裏剣戦隊ニンニンジャー』(EX)、仮面ライダージオウ スピンオフ『RIDER TIME 仮面ライダーシノビ』や映画『ひだまりが聴こえる』に出演するなど映像分野でも活躍中。2018年11月には、初のスタイルブック「sincere blue」発売と同時に芸名を多和田秀弥から改名した。

子どもな感じでいられたというか、太宰がまだ青かった頃《ころ》というか

――まず、アニメで『黒の時代』をご覧になった時の印象から伺《うかが》えればと思います。

多和田　舞台《ぶたい》第一弾《だん》より、さらに大人な世界だな、というのをまず感じました。「部屋とか真っ暗にして、落ち着いて見たくなるな、この空気感」と思ったんですよ。世界観に入り込んで行きたくなるような作りが素敵だなって。

バーのシーンで織田作、太宰、安吾の三人が並んで、背中をお客さんに向けて喋っている場面があるじゃないですか。実生活でそういうシチュエーションもありますけど、あそこまで押し出して〝画が持つ〟というのは本当に素晴らしくて好きでしたね。

――第二弾は、時間軸《じく》が第一弾と違《ちが》うこともあって、人数もぐっと絞《しぼ》られた印象でした。

多和田　脚本《きゃくほん》を頂いて、まず「人が少ない！」と思いました。わかってはいたんですけど！　役者としては「織田作と太宰が、めちゃくちゃ喋っているな」というのが、今回の脚本の第一印象です。織田作と太宰と安吾が、主に絡《から》み合ってできる空気感がメインなんだなと思ったし、バーでのシーンもすごく多くて「中屋敷さん（演出・中屋敷法仁《のりひと》さん）のことだから、背中越《ご》しの画を絶対作りたがってる」と最初に感じました。その辺りは、

すごくワクワクしましたね。

あと、第一弾はバトルシーンが多かったのですが、『黒の時代』はピンポイントで入っているんです。織田作とジイドの『天衣無縫《てんいむほう》』と『狭《せま》き門』や、己の技術を駆使《くし》しての銃撃戦《じゅうげきせん》とか、アクションがすごくかっこいいんですけれど。太宰は『人間失格《にんげんしっかく》』を使わないので「第一弾の時、異能の発動が気持ちよかったのにな……」と、思いました（笑）。

――稽古《けいこ》の雰囲気《ふんいき》も、第一弾と第二弾では違う感じでしょうか。

多和田　全然違いましたね。同じ作品なのに、同じ作品ではない感じがすごくしたというか。太宰治が武装探偵《たんてい》社に入る前のお話で「彼が今、どうしてああいう生き方をしているのか」が、『黒の時代』に濃《こ》く詰《つ》まっています。だから僕も第一弾より、子どもな感じでいられたというか……太宰がまだ青かった頃なんだな、と思っていました。織田作と安吾と三人だけの空間では無邪気《むじゃき》でいられるんじゃないか、と想像していたんです。実際に稽古が始まると、すぐに思った通りの空気感になりました。二人がいるから自由にできるし、「こいつ（太宰）、本当に幹部か？」と思ったら、広津さん（広津柳浪役・加藤ひろたかさん）のシーンでは、ちゃんとポートマフィアの幹部の顔になる。無邪気だったり、かと思えば冷徹《れいてつ》だったり、太宰の本質的なところ、芯《しん》にあるものを感じるシーンがたくさんあって、第一弾から演じている身としても、やり甲斐《がい》がありました。

――これは伺おうと思っていたのですが、ラストのマッチを擦《す》って織田作の煙草《たばこ》に火を点《つ》けるシーンは、どれくらい練習されたんですか？

多和田　実は僕、これまでマッチを擦ったことがない人生だったんです。今はライターが主流なので触《ふ》れる機会がなくて……。やってみる前は難しい印象があったんですが、意外とすぐ点きました。撮影《さつえい》でもお世話になった実在するバー・ルパン謹製《きんせい》のマッチを使ったので、マッチの質がよかったのかもしれませんが（笑）。

あと、舞台の上で火を使う難しさもあるんですが、そこを忠実にマッチを使うことにこだわった、原作チーム、演出家チームに愛を感じました。

――見ているお客さまも舞台で煙草に火が点いて、びっくりされたと思います。客席まで焦《こ》げた香《かお》りがして、その場面でまた胸がギュッとなりました。

多和田　賢志さん（織田作之助役・谷口賢志さん）がマッチを擦る場面（※【21】舞踏室、188頁）で、もしうまく点かなくてもマッチがバキッと折れちゃっても全然焦《あせ》らなくていいから、と言って下さったんです。その後、本当に本番でなかなか点かなかった時がありました。普通《ふつう》だったら焦るのはよくないはずなんですけど、あの時はその焦りが太宰の気持ちとリンクしたみたいに、いい方向に運んだ気がします。上手くいかなくて三、四回擦ってやっと点いた時に織田作が、ふっと笑ってくれて。あの時の賢志さんの表情が忘れられません。織田作の温かみが、すごく感じられたんですよね。

より中屋敷さんの深みが増したな、と思いました

――『黒の時代』で、原作の朝霧さん、脚本の御笠ノさん、演出の中屋敷さんとの印象的なエピソードを伺えればと思います。

多和田　御笠ノさんは、ゲネ（ゲネプロ。本番と同じように行われる公開稽古）が終わった後にバーッと寄ってきて下さって「よかったよ」って、チームに言って下さったのが印

象に残っています。「いや、太宰だった、よかったよ本当に」と脚本の方に言って頂けるのはすごく嬉《うれ》しいですし、ほっとしました。「これで自信を持って、初日を迎《むか》えられるな」と、思えた瞬間《しゅんかん》でした。

――御笠ノさんは、あまり褒《ほ》めるタイプではないとお聞きしました。

多和田　僕もあんまりそういうことを御笠ノさんが言う印象はないし、正直なところびっくりしました。だから、あれは忘れられないですね。でも、さらっと言われたんですよね。「よかったよ！」という感じではなくて、ごくさりげなく「……よかったよ」と。もう一回言って欲しいなと思うくらい（笑）。

――中屋敷さんは第一弾と『黒の時代』では、演出の方法やテンションなど違うところはありましたか？

多和田　より中屋敷さんの深みが増したな、と思いました。『文豪《ぶんごう》ストレイドッグス』という作品に対する誇《ほこ》りと自信と愛が第一弾で深くなって、第二弾をやっているんだな、とすごく感じました。よりイキイキしていたんですよね。

第一弾の稽古の時は、「キャストにダメ出ししてたと思ったら、それは夢の中の出来事だった」というエピソードがあったんです。今回は稽古が終わったら「……ちょっと今、言葉にならない……明日《あした》ね？」と、余韻《よいん》に浸《ひた》りたいんで、みたいな空気感を出していらっしゃるんですよ。「え！　演出家さんですよね⁉　お客さんみたいじゃん⁉」と思って……。愛が深すぎるというか。普通は「ここは良かったけど、もっとこうして、ああしよう」と、演出的なダメ出しをするはずなのに拍手《はくしゅ》をしたり、「………ッ」と、感情が昂ぶっていつも持っている手のひらサイズのぬいぐるみをぎゅっと握《にぎ》ってたりしました。

――お客さまのように感激なさる中屋敷さんと、一緒《いっしょ》に作り上げていく感覚が強かったのでしょうか。

多和田　そうですね。それぞれの役者が出すものを見て、より引き出そうとして下さっていたと思います。本当にすごく楽しそうにしてらっしゃいましたね。感動的なシーンは泣いていらしたり、窪寺さん（森鷗外役・窪寺昭さん）の「エリスちゃん……」ってシーンは、「はっは！」って、いっぱい笑ってたりして、第一弾よりもっと喜怒哀楽《きどあいらく》があった気がします。「そんな中屋敷さん、好きだわー」と思いながらやっていました（笑）。

「小説家になりたかった」って言った場面。過去形なんですよね

――同じ本に織田作之助役・谷口さんと、坂口安吾役・荒木さんのインタビューも収録されます。お二方の好きなシーン、台詞など教えて頂けますでしょうか。

多和田　いっぱいあるから、本当に迷います。

安吾が「それ以上近寄らないで頂けますか。臭《にお》うので」というシーン（※【5】洋食屋、72頁）、僕はすごく楽しかったです。三人それぞれの色がより出ていたというか、見ている方も楽しい気持ちになれるシーンだったと思います。安吾の台詞で「そんな堂々と嘘《うそ》をつかないで下さい」っていうのは、言い方も、表情も好きでした。太宰が「うぅ〜ん」って絡みにいっても、安吾らしい冷たい表情と冷たいツッコミで、スパッと切るみたいなのがよかったです（笑）。

あと、ゲネの時から荒木さんがおっしゃってましたけど『安吾は『文豪ストレイドッグス』のマスコットキャラクターだと思っております」というのが、印象に残っています。盆《ぼん》（回転舞台《ぶたい》のこと）を使っていたので、盆を中心に安吾を真ん中に置いてみんながしゃべる芝居《しばい》が多かったんです。安吾に台詞はないのですが、そんな時の立ち姿とか表情とかが、すごく言葉にならないものを表現してらっしゃってたので、そこも好きですね。

織田作は……本当に、いっぱいあるんですけど「小説家になりたかった」と、言った場面（※【13】カレー屋、139頁）。過去形なんですよね。それがひとりの人間としてつらいのだけれど、ぐっとくる瞬間でもありました。悲しいシーンなのに織田作が笑っている、賢志さんの表情含《ふく》めて、あのシーン全体がすごくよくて。これからもっと厳しいことが起こる雰囲気《ふんいき》もあって、いろんな感情が凝縮《ぎょうしゅく》されていると思うんです。きっと織田作は覚悟《かくご》ができてしまっていて、それは太宰にも止められないことなんだ、と実感する瞬間というか。太宰のように頭の切れる人が、子どもっぽくなってしまって、上手く言葉にできなくて、たどたどしく「いいことがあるはずだ」と織田作に言うわけです。いつもなら「いいことがあるよ」と言い切れる人なのに、織田作に対して言葉が出てこなくなってしまっている。織田作の決意を目の当たりにした太宰が「あ、止められないんだ、私は」と自覚したところが好きですね。パッケージだと賢志さんの表情が大きく映っていて、すごくいいです。インタビューのために、昨日パッケージを見たばかりなので、記憶《きおく》は確かです

（笑）。

――パッケージではこだわりの編集で、素敵な表情がいっぱい収録されています。

多和田　それと、織田作が太宰の事を誰《だれ》より一番わかっていたんだなと思える一連のくだり（※【21】舞踏室、184頁）が、大好きです。ジイドにむかって「あいつはあまりに頭の切れる、ただの子どもだ」とか、織田作に「お前の孤独《こどく》を埋《う》めるものは、この世のどこにもない」とか……。織田作に言われたらもう「そうです」としか言えないです。

――ずっと語らなかった織田作が、初めて太宰のことを言葉に出すんですよね。

多和田　太宰をこんなにわかりやすく一言で説明できる人がいるんだ、と感動します。織田作は多くのことを語らない人ですがあの瞬間は太宰のことを思ってくれたんだな、と素直に思えました。

――最後にこの本の読者のみなさまに、メッセージをお願いします。

多和田　パッケージや舞台を見た方もまだ見ていらっしゃらない方にも、僕がおすすめしたい『黒の時代』の鑑賞法《かんしょう》は、部屋を真っ暗にしてお酒を飲みながら見ることです。きっとこの世界に浸れます。

　この本を手に取ってくださる方は『文豪ストレイドッグス』を愛している方が多いと思います。原作もそうですけれど、舞台でも第一弾《だん》との色の違《ちが》いがはっきりと出ていて、ハードボイルドかつ渋《しぶ》いテイストになっています。出ている役者さんも、渋さの中にかっこよさがある方がすごく多いですし、このメンバーだからこそ僕も若かりし頃《ころ》の太宰を生きられたんだなと思います。この本を読むと、中屋敷さんをはじめ携《たずさ》わった全員が興奮してしまったのもおわかり頂けるんじゃないでしょうか。「バーを出た後、この人はどういう表情をしていたんだろう」みたいなところまで想像して頂けると『黒の時代』をもっと大好きになってもらえると思います。そうやって楽しんでもらえたら僕は最高です！　そして舞台第三弾も見に来て下さい！

——ありがとうございました。

キャストインタビュー　坂口安吾

荒木宏文

荒木宏文【あらき・ひろふみ】

1983年6月14日生まれ、兵庫県出身。

近年の主な作品はミュージカル『刀剣乱舞』、TRUMPシリーズ『COCOON 月の翳り 星ひとつ』、歌劇『明治東京恋伽～月虹の婚約者～』、舞台『ACCA13区監察課』、TV×舞台『御茶ノ水ロック』。舞台『銀牙-流れ星 銀-』、舞台『幽☆遊☆白書』など話題の舞台作品に出演を控え、2.5次元作品ではキャラクター再現度や幅広い役どころを演じ分ける技術は高く評価されている。

こんなにダークな方向に持っていくんだ、という衝撃《しょうげき》が大きかったです

──原作アニメをご覧になった時の印象から、お伺《うかが》いできればと思います。

荒木　僕はアニメが好きで、『文豪《ぶんごう》ストレイドッグス』も第1シーズンから見ていたんです。『黒の時代』は第2シーズン冒頭《ぼうとう》のエピソードでしたが、一気に作風が変わったので状況《じょうきょう》が摑《つか》めないまま三十分が終わったというのが正直な感想です（笑）。太宰のキャラクターも若かったというのもあるし、何よりもナレーションが諏訪部さん（アニメ版　織田作之助役・諏訪部順一さん）でしたし。

──エピソードを通してご覧になった時に、『黒の時代』という物語については、どう思われましたか。

荒木　僕は第2シーズンでなぜ四年前を語るのか、ということがすごく気になったんですよね。最終的に現代の時間軸《じく》に戻《もど》った時に、安吾も出てきたので意味はあったと思うけれど、このタイミングでこんなにダークな方向に持っていくんだ、という衝撃が大きかったです。他のアニメとは全然違うんだな、という印象がありました。

──そんな印象の原作の舞台《ぶたい》にご出演が決まって、脚本《きゃくほん》を読まれた時の第一印象はいかが

でしたか？

荒木　脚本を拝見して思ったのは、アニメの印象に近いな、ということです。

そして御笠ノさんが朝霧先生が描《えが》かれている世界をバランスよく組み込んで、一冊の舞台版を作り上げられているな、と。原作の方も否定的な見方をしなくてすむような世界観にまとめ上げられているな、と思いました。

――稽古《けいこ》が始まった時の印象も、続けてお伺いしたいです。

荒木　稽古場での感想で言うと、「そんなに（安吾の）出番増やす!?」と思いました（笑）。照明のピンスポットで織田作が話しているシーンとか、織田作と誰《だれ》かの会話中とか、脚本では安吾がいないシーンにどんどん登場してくるんですよ。

――それは稽古が始まってだんだんと、あそこにもいて欲しい、ここにもいて欲しいと足されていった感じだったんでしょうか？

荒木　初日の脚本読み合わせをした後に、「ちょっと安吾の出番が増えますのでお願いします」と、中屋敷さんに言われました。

でもそこにも、ちゃんと意味がありました。『黒の時代』は織田作を主軸《しゅじく》に『文豪ストレイドッグス』という作品の中で象徴《しょうちょう》的な存在である太宰の四年前……過去が描かれているので、織田作と太宰がすごくフィーチャーされています。その中で、あの演出がついた

からこそ、安吾も四年前を象徴する大きな存在になれたというか。だから、舞台のキービジュアルを織田作、太宰、安吾の三人で飾《かざ》った意味に繋《つな》がったな、と思いました。どうしても際だってしまう織田作と太宰の二人に対してパワーバランスが違《ちが》うところで安吾が特化したから、三人のバランスの良さが生まれたんじゃないでしょうか。

——そんな安吾の役の印象と、演じられた時のポイントをお伺いしたいです。

荒木　「答えを出せない」というところが印象的な役かなと思いますね。安吾がまだ「どういう理由で、なぜその行動を取ったのか」というのが原作でも全部出てないと思うんです。だからこそ好き勝手には演じられない。舞台版が原作の先の展開を無視して、舞台という〝その時〟しか描いていない作品になってしまってはいけないので余計なことができないのは僕の中でハードルがありました。だからと言って何もやらないと安吾の存在が消える。そう考えると、今ある情報で先の可能性をつぶさない表現をするというところで役作りは結構苦労したかもしれません。

――舞台というその時の点だけでなく、原作も含《ふく》めて線としてキャラクターに過去と未来があって、その過去で起きたことを受けて『坂口安吾』がどう行動するのか。原作に繋がるキャラクターとして存在するための判断が難しかったということでしょうか。

荒木　そうですね。安吾という存在を、いろんな筆圧で描いている線があるとしたら、この舞台の間の筆圧をどうかけるかは別としても一本の線は存在するわけじゃないですか。この先の安吾の可能性まで切ってしまうと、その線がすごく短くなると思うんですよね。それは個人的によくないと思っていて、舞台は特に筆圧の高いところ……印象的なところを切り取っているので、安吾という線の両端《りょうはし》である過去と未来は無視できないんですよ。それが役の印象的なポイントでもあるし、演じる上ですごく苦労した部分でもありますね。

あと、安吾役に決まった時に、福山潤《ふくやまじゅん》さん（アニメ版　坂口安吾役）に連絡《れんらく》しました。以前お世話になった大先輩《せんぱい》で、その時の役柄《やくがら》でも先輩と後輩《こうはい》という立場だったので面倒《めんどう》をみて頂いたことがあって。僕が個人として慕《した》っている方なので報告しようと思ったんです。

その時におっしゃっていたのが「面白い役だから、ぜひ楽しんでやって下さい」ということでした。この安吾のややこしさを「面白い」と言える福潤さんすごいなと思ったし、でもそれだけ色々な可能性のある役なんだと感じて、自分の中ですごく課題になりました。

これは僕の感覚の問題なんですが、アニメやコミックが原作の舞台だと、先に世の中に出ているキャラクターの声や容姿といった聴覚《ちょうかく》的視覚的な部分を真似《まね》るところから入る役者さんもいるんですよ。僕もそれはひとつの正解だと思いますが、今回の安吾を演じる上で目標にしたのは、福山潤さんの演じたあの声色なんです。

『坂口安吾』という人間が小さい頃《ころ》から成長して、いろんな経験をした結果、あのテンポ、あの言葉で話せるようになったという、キャラクターの人生がきちんと想像できたからこそ、アニメ版では福山潤さんをキャスティングしたと思うんですよ。そう考えるとアニメ版の安吾の遺伝子というかDNAというか、細胞《さいぼう》ひとつひとつを理解して作っていけば最終的にはなんとなく福山さんが発している声色に似るんじゃないか、似ればいいな、というのが僕の中にありました。そこにちゃんと繋げて、福山さんの声と同じじゃないはずなのに見た人が目の前で坂口安吾がちゃんと話しているという錯覚《さっかく》に陥《おちい》るような見せ方をすることが、僕の理想論でした。それができたら内面の細胞レベルで役に合わせられたということなのかな、と思ったので。

「脚本が上がったから僕の仕事は終わった。あとは君たち次第だ」

——原作の朝霧さん、脚本の御笠ノさん、演出の中屋敷さんの印象に残っているエピソードをお聞きしたいです。

荒木　朝霧先生は、劇場にいらした時にとっても褒《ほ》めてくれました！　僕自身は舞台で「もっとこうできたな」とか「じゃあここの修正はすべきだな」とか、そういうことばかり考えていたんですが、朝霧先生に褒めて頂いたのはとても嬉《うれ》しかったです。とても褒める方だな、という印象があります。

あとは命の在り方、命の表現の仕方にこだわりのある方だな、と。それと、朝霧先生の書かれる言葉は綺麗《きれい》だと僕の中ですごく感じていました。この作品はタイトルに『文豪《ぶんごう》』と入っているし、実在の文豪の名前を各キャラクターが持っているのもあって、言葉はすごくこだわりのある部分だと思うんです。そういう点でも、言葉ひとつひとつを変えずにいたかった、というのをより強く感じた現場だったかもしれないですね。

——脚本の御笠ノさんも、『黒の時代』の作業では、原作の言葉を変えずに、そのニュアンスを拾って印象を変えないままに演劇に翻訳《ほんやく》するのが自分の仕事であった、とおっしゃっていました。

荒木　それだけ原作が言葉、それこそ一文字とっても、意味があるんじゃないかと思わせてくれるような作品だったんだと思いますね。

今、話に出た御笠ノさんのエピソードで言うと、稽古《けいこ》初日に「僕の仕事は終わった」とおっしゃっていたのが印象的です。「脚本《きゃくほん》が上がったから僕の仕事は終わった。あとは君たち次第だ」と話されていました。

――稽古の初日にですか？　最終日ではなく？

荒木　初日です。でも、それってすごいことだと思うんです。

僕は音楽活動をしているんですが、たとえば自分が作詞、作曲したものを、プロデューサーや制作陣《じん》とよりよくする過程で、歌詞を変えたり、アレンジを変えたりする場合がある。でも、その変更《へんこう》によって最初に伝えたいと思っていたものとズレたりもする。それは結構、自分の中で葛藤《かっとう》する部分でもあるんですよね。

脚本は稽古して、演出がつけば、いろんな人の手が入っていくものです。なのに御笠ノさんは『黒の時代』という長い脚本を書き上げた段階で「僕の仕事は終わった。ここから先は君たちの仕事だよ」と、ズバッと言い切っている。それは、「どんな風に手が入っても、この脚本は大丈夫《だいじょうぶ》」と思えるくらいの作り込みが出来ているからこその言葉だったと思います。それが、御笠ノさんのプロフェッショナルな部分だと感じました。

——お話を伺《うかが》うとすごいプロ意識の高い現場だったんだな、と思います。続いて、中屋敷さんについても伺いたいのですが。

荒木　中屋敷さんは、だいたい言っていることがわからない（笑）。それは、中屋敷さんの頭の回転が速すぎて、僕たちの理解が追いつかないからなんですけど（笑）。

——今までのインタビューで、他の方から伺ったことの総括《そうかつ》のようなコメントです（笑）。他のみなさんからは『天才的』という言葉も、多く出ていました。

荒木　本当に頭の回転が速い方だと思います。それがみんなも言う天才的なところ、だと思うんですけど。中屋敷さんの頭の回転速度と、持っている口周りの筋肉の速度が合わないという。だから言葉にできないんですよ。頭の中に答えがあって、起承転結ができてるものをアウトプットしたくても、そのスピードに口がついていけない。だから演出を付けてもらう時に、「この人は今、何を言ったんだろう」と、なったりしてね。

しかもたぶん、頭の中に『リトル中屋敷』がいっぱいいて、自分が発している言葉に対して、違《ちが》う自分がツッコミを入れてっていう、面白い会話を脳内でしていると思うんですよ。

——脳内『リトル中屋敷会議』が行われていて、その結果がまとまる前にアウトプットさ

れているという感じなんでしょうか（笑）。

荒木　一人の『リトル中屋敷』が話していたる最中に、もっといいことを思いついたもう一人の『リトル中屋敷』が出てきて、最初に思ったことを話しながら、それにツッコミも入れるという高度なことをしている……というのが、中屋敷さんの演出だと思います。

——キャストさんは、それを受けて演技されていくんですね。

荒木　そうですね。どうしてもやって欲しいことやテーマは冒頭《ぼうとう》におっしゃるので、そこを聞き逃《のが》さず、その後『リトル中屋敷会議』を受け止めればいい、ということが今回の稽古でわかりました（笑）。

　中屋敷さんは欲しい画面がはっきりして

いるので、舞台《ぶたい》全体を見た時のバランスや、どうしてもつけたい動きを要求する、という感じだったんじゃないかと思います。たとえば「撃《う》たれたことに対しての苦痛の表現を、もう少しわかりやすく見せておいて欲しい」とか、そういうことでしょうか。

――見ているお客さまに対しての、感情の強弱というか、わかりやすさを上げる作業ということでしょうか。

荒木　比重のコントロール、というか。キャラクターの気持ちになっていく上で表現しきれていない、役者が省いてしまっていることを、全体的に見て「これはもう少し濃厚《のうこう》に見せておいて欲しいな」というのを、中屋敷さんが言ってくれるという感じでした。もちろん各キャラクターは演じている役者陣が責任を持って作っておく、という前提が成立しているからできることなんですけど。なので、通し稽古中のダメ出しというのは、少なかったかもしれないです。

――それは、キャストさんが要求されるレベルが高い現場だったということでは。

荒木　そうだと思います。中屋敷さんはカンパニーのみんなを、信用してくれていたんだろうなと思います。稽古初日の顔合わせでもそういう発言をされていたので。

――その時の様子は、パッケージのバックステージの映像にも残っています。

谷口さんの織田作がいることで、絶対にぶれない

——演じられた安吾の、舞台での印象に残っているシーンをお伺いしたいです。

荒木　それで言うなら、織田作が安吾を助けに来た後の、建物が爆発《ばくはつ》するシーン（※【7】気象観測所、91頁）です。安吾が囚《とら》われている建物が爆発する寸前で、安吾と織田作の二人が窓から飛び出す、その後爆発が起きる流れなんですけど、アニメだと二階の窓から飛び降りているんですよ。それで、空中で落下する姿勢は頭が下で、足が上に来ているんです。舞台では高さがなくて、どうしてもアニメの姿勢にはならない。どう頑張《がんば》ればそれに近いものになるんだろうというのをずっと模索《もさく》し続けたポイントだったので、印象に残ってます。先ほどお話しした通り、アニメのＤＮＡに近づけたいけど、そもそも物理的に厳しいし、でもなんとかしたい、悔《くや》しいな、と思ってました。

——ちょっと意外な場面を挙げて頂いて、新鮮《しんせん》でした。

話は変わって、同じ本に織田作之助役の谷口さんと、太宰治役の多和田さんのインタビューも収録しています。お二人のそれぞれ印象に残っているシーンや台詞《せりふ》を、お聞かせ頂きたいです。

荒木　ラスト、太宰の「喜んでくれるかい」の後に、死んだはずの織田作が彼の頭をくしゃくしゃって撫《な》でてくれるところ（※【22】エピローグ、195頁）。あそこは太宰というか、多和田のすごく課題になるところだな、と思って毎公演見ていましたね。

　泣けなかったら織田作への気持ちが足りないと思うし、かと言って泣いてしまったら、いろんなものを背負ってそれでも押し殺せる太宰のすごさが足りない。ここの駆《か》け引きは毎公演、何度重ねていても絶対に正解が見つからないところだと思うんですよね。今日はもっと織田作への想いを感じなきゃ、それをもっと強い力で抑《おさ》えなきゃ、という感情の差し引きを全力でやって、毎回課題が見つかるシーンでもあるんです。役者として自分の出来のバロメーター、今後自分のスキルを伸《の》ばしていくためにも、向き合ってすごくプラスになったんじゃないかな、と思うシーンですね。

　織田作に関しては……谷口さんの印象的なところで言うと『受け入れる』ということ。一緒《いっしょ》に芝居《しばい》をして、相手の芝居を受け入れるというスタンスで生きている人だな、と思いました。彼自身はぶれないいし、自分のミスは許さないすごくストイックな方なんですけど、まわりの芝居に関しては結構、自由に受け入れてくれる。そこがすごく印象的でした。

——毎公演、やはりライブなのでお芝居のテンションや、しぐさが細かく変わって行く中で、それを全部受け入れて大きな流れに持って行く役割を、谷口さんが担っていたという感じでしょうか。

荒木　そうですね。織田作自身が物語を進めて行くべきキャラクターなので、一番それをやらなくてはいけないというのも、理解なさっていたと思うんですけどね。その日の全力を役者みんなで尽《つ》くしたからこそ、毎公演変化があるし、その変化する部分をちゃんと受け取って、その日、その時に最高のものをお客さまに届ける、という作業を一生懸命《いっしょうけんめい》されていたと思います。

それから織田作の印象で言うと、素の谷口さんが見える瞬間《しゅんかん》がありました、人のいい感じが（笑）。織田作は、堅物《かたぶつ》で天然で、抜《ぬ》けていることを自覚していないキャラクターです。そんな織田作なら気がつかないで拾わないような、誰《だれ》かの芝居の細かいところを、谷口さんは優しいから拾ってしまう。そういう時に、織田作の中に谷口さんが見えましたね。『舞台　文豪《ぶんごう》ストレイドッグス　黒の時代』は、そうやって受け入れてくれる谷口さんが織田作之助をやったから成立したんだと思います。谷口さんの織田作がいることで、絶対にぶれない。アニメとは違う、舞台として意味があるんだな、と感じましたね。

――その舞台で、生身のキャストさんが演じられるからこその注目ポイントを、お伺《うかが》いできればと思います。

荒木　舞台ならではのポイントで言うと、毎公演全く同じにはできないことですかね。同じ物語だったとしても、キャラクターが涙《なみだ》するタイミングすら、同じにはできない。

――確かにそれは、映像と違うライブならではのポイントですね。

荒木　同じ台詞だとしても、役者の心の変化がどのタイミングで起きるかは台詞をやりとりする相手のテンションや熱量、その日のコンディションにもよります。そういうものを舞台上でちゃんと受けて、きちんとやりとりしているからこそ毎公演同じにならない。悲しみの方が強かったり、怒《いか》りとか憎《にく》しみの方が強い時もあったり、公演期間中は一回として同じものはないんですよね。それが舞台がカンパニー全体で作る、ナマモノだからこその面白いところかなと思います。

――ありがとうございます。最後にこの本を読んで下さる読者のみなさまに、一言お願いします。

荒木　『文豪ストレイドッグス』を愛して下さる、応援《おうえん》して下さる読者のみなさんから、編集部あてに、ファンレターが届くと伺いました。活字の世界の面白さを楽しめる、そういうみなさんには、ぜひ脚本家《きゃくほんか》、小説家を目指して欲しいな、と思います。

御笠ノさんはすごい人です。その御笠ノさんが書いた『舞台　文豪ストレイドッグス』の脚本が二冊の本になる。それは脚本家を目指す上で、とても参考になると思います。

脚本を読んだ役者たちがどう思ったのか。それを読んだ演出家がどう演出しようと思ったのか。原作者である朝霧先生が脚本を読んだ時にどう思ったのか。それらが全部、インタビューや鼎談《ていだん》で描《えが》かれていると思うので、それも読んだ上でもう一度脚本を読んでもらえたら、すごくいいんじゃないでしょうか。

『文豪ストレイドッグス』という文豪の名前が出てくる作品を好きになったのなら、元になった文豪の作品も、ぜひ読んでみて欲しいです。この本が、そういう読書のきっかけになって、何かに繋《つな》がっていけばいいな、と思います。

――ありがとうございました。

舞台
文豪ストレイドッグス
Bungo Stray Dogs on Stage
黒の時代
SCENARIO AND INTERVIEW BOOK

スタッフインタビュー　衣裳

前岡直子

前岡直子【まえおか・なおこ】

神奈川県藤沢市出身。舞台衣裳プランナー。

『カルメル会修道女の対話』、『ランスへの旅』、『カプレーティ家とモンテッキ家』、『欲望という名の電車』、『ピーター・グライムズ』（三菱UFJ信託音楽賞受賞）、『夕鶴』（外務省ロシアにおける日本年公演）といったオペラ作品から、『青空の休暇』、『死神』、『YOSHIKO』（オールスタッフ制作）などのミュージカル作品、『女海賊ビアンカ』（美内すずえ原作）、舞台『パタリロ！』（魔夜峰央原作）などの舞台作品まで、幅広く手掛けている。

見せたい方向性は同じなので尊重しつつ、どんなに動いても着崩《きくず》れしないようにするとか

——第一弾《だん》のインタビューでは、衣裳《いしょう》さんの役割や前岡《まえおか》さんご自身の仕事内容をお話しいただいたので、最初に軽くおさらいをさせていただければと思います。

前岡 （笑）はい。

——出発点は、オペラの衣裳プランナーでいらして、戯曲《ぎきょく》や台本を読み込んで演出家と打ち合わせをし、デザイン画を描く仕事をされている。そのデザインを元に、『文豪ストレイドッグス』の舞台《ぶたい》も担当なさっている東京衣裳さんなどの業者さんに発注して、業者さんから衣裳製作の方に話が行く、という流れですね。今回も、その製作現場でのお話を伺えればと思います。

前岡 はい、よろしくお願いします。

——気になっていることから伺っていきたいと思いますが、手袋《てぶくろ》やネクタイなどの小物も衣裳の範囲《はんい》なのでしょうか？

前岡 手袋は物によりますが、ネクタイは衣裳扱《あつか》いです。プランナーによると思いますが、

私は衣裳専門なのでベルトや帽子《ぼうし》、靴《くつ》などは、小道具さんにご用意いただいております。ジイド（林野健志さん）のブーツは、ビジュアル撮影《さつえい》用に小道具さんがフランス軍のものを買って用意して下さったんです。ビジュアルもすごく格好良くて素敵でした。でも実際の舞台では、そのままでは危ないので、動きやすい黒の運動靴《うんどうぐつ》に革素材のカバーをつけてブーツの様に見せました。動きが激しいので、ブーツだと足首の自由がきかず怪我《けが》をしてしまう場合があるんです。それは絶対に嫌《いや》なので。

――ビジュアル撮影と実際の舞台では、そんなところに違《ちが》いがあるのですね。もうひとつ気になっているのですが、衣裳は一着なのでしょうか。あんなに激しい動きをするものなので、代わりがあるのではと思っていました。

前岡　消耗《しょうもう》が激しいものは、人によっては二着とかご用意することもあります。

――お手入れが大変そうです！　毎回クリーニングをしたりは……。

前岡　いえ、しないですね。公演後にクリーニングに出して頂いています。公演中は衣裳の下にアンダーシャツを着用頂いて、毎公演後に現場付きの衣裳スタッフさんが洗濯《せんたく》して下さいます。キャストさんも、すごく綺麗《きれい》に着て下さるんですよね。現場の衣裳スタッフさんも含《ふく》めて、みなさんプロの仕事をして下さいます。

――すべての衣裳を一から製作するのでしょうか。たとえばシャツとか市販《しはん》のものを使う場合もあるのでしょうか？

前岡　キャストさんが長身で既成品《きせいひん》だとあわない場合や特徴《とくちょう》的なデザインのシャツは製作しますが、それ以外の普通《ふつう》のデザインのシャツは購入《こうにゅう》したものを使用します。その時も、素材はちゃんとしたものを選びます。見た目的にも、ニュアンスのある生地を使ったりとか気をつけています。

――太宰の白いシャツにも、風合いがありますよね。

前岡　なるべくおしゃれに、きちんとしたものをキャラクターに合わせていくのが大事で、質感を一番にこだわっていますね。

――シャツにまつわるエピソードとして、「アニメではやむなく省略したが、織田作之助はストライプのシャツにしたい」というオーダーがあったと伺《うかが》いました。

前岡　黒地に白ストライプのシャツを探すと、サテン地のものしかなかったんです。その後、デパートで一枚見つけたのが素材的にもニュアンス的にも良かったんですが、黒じゃなくて濃紺《のうこん》だったので「もう一度探します！」となって。東京衣裳の森田恵美子《もりたえみこ》さんと生地屋さんをめぐって探したら、最後のお店で麻素材《あさそざい》のストライプで良い生地があったので「これなら絶対いけるね！」とシャツを製作してお持ちしたら、監修《かんしゅう》サイドにも喜んでもらえました。谷口さん（織田作之助役・谷口賢志さん）ご本人にもとても似合ったんですよ。谷口さんは渋《しぶ》い大人の色気がすごいです、あの雰囲気《ふんいき》はなかなか出せないと思います。

——ほかにも原作と細部が違うキャラクターはいますか。

前岡　森鷗外（窪寺昭さん）のスーツにボタンを足しました。アニメ画では「ボタン」がないんですが、それでは近未来のスーツのようになってしまうんです。「ボタン」があるとアクセントにもなりますし、架空《かくう》の横浜の話ではありますが、リアルさを出す方向で「ボタン」ありで、と。

あと彼はスーツスタイルなんですが、ジャケットを閉じた状態でコートを着ると窮屈《きゅうくつ》に見えてしまうので、黒のベストを着せた方が良いんじゃないか、と足させてもらっています。ジャケットを開けて着て、中のベストが見えていた方がボス感が強くなって、格好良いですよね。

鷗外の異能であるエリスちゃん（大渕野々花さん）の衣裳は、お人形さんのドレスのような、たっぷりしたギャザーの分量感とか、森田さんはじめ、作り手さんのこだわりを感じます。ちょっとしたことなんですけど、彼女のウエストのベルト部分、一周すべて同じ幅《はば》じゃなくて前の部分はちょっとだけ下げて幅を広げているんですよ。

——それはどんな効果があるのでしょうか。

前岡　ドレスにギャザーが入っているので、全体的にはかわいい雰囲気になってるんです

よ。でも、エリスちゃんはそれだけじゃないじゃないですか。前部分のベルトの幅を広げて、少し下げることで、大人なイメージが出るんです。収まりがよくなって、子供っぽさと同時に、大人っぽさも出てくる。

――他のキャラクターのコートの丈《たけ》も、よく見比べるとアニメと違いますね。

前岡　基本的にアニメをベースにしているのですが、キャストさんの身長のことがあるので、どのバランスが綺麗に見えるかということを考えながら決めています。丈は全体的に長めにしていますね。舞台で見るとどうしても、遠くから見ることになるじゃないですか。普《ふ》段《だん》の距離《きょり》感《かん》で綺麗に見えても、舞台に上がると短かったかな、ということもあります。長めの方が動きも綺麗に見えたりします。あと照明が当たった時に、どう見えるかも重要なので考慮《こうりょ》しますね。

――舞台上での見え方のお話が出たのですが、パンフレットなどのビジュアル撮影時と舞台で衣裳《いしょう》を変えることはあるのでしょうか？

前岡　広津柳浪（加藤ひろたかさん）のシャツは変えています。あれは、前にボックスプリーツを入れてたんですよ。でも実際に動くと綺麗に見えなかったので、ちょっと変更《へんこう》したんですよね。

――ボックスプリーツのバージョンは、パンフレットなどのビジュアルだけなんですね。

前岡　そうですね。動くとなかなか綺麗に見えなくて。舞台での広津は結構動きがあるので、製作過程で変更しています。アニメなどの元になるイラストを尊重しておりますが、まったく同じに再現するのは難しいので。監修サイドと見せたい方向性は同じなのでその部分を尊重しつつ、どんなに動いても着崩《きくず》れしないようにするとか。衣裳では、そういう作業もやらせていただいています。結果的に、パンフレットの写真と違うキャストさんもいます。

あとは見た目とは少し違うのですが、「ポケット」が重要かな、と思っています。心理的に重要な台詞を言いたいなという時に、人って（ポケットに手を）入れたりするんですよ。太宰とかもそうですけど。設定的になかったとしても、「ポケット」を付けるようにしています。キャストさんも、「ポケット」が付いていると安心できるんですよね。

総合的なバランスでうまくいったのかな、と

――製作過程で印象に残っているエピソードを伺いたいです。

前岡　仮縫《かりぬ》いの際、荒木さん（坂口安吾役・荒木宏文さん）が、「（役作りのために）痩《や》せるんで」とおっしゃってたんで、「そうなんですか」と言いながらもフィッティングして。その時の体型で（衣裳を）直したのですが、本当に二週間で四〜五キロ痩せていらっしゃったんです。

――すごいですね！

前岡　すごいプロ意識ですよね。仮縫いの時は、しっかりした身体《からだ》つきでいらしたんですけど。本人もおっしゃっていたので、私たちもちょっと用心しようという話になったんです。

そうしたら本当にビジュアル撮影《さつえい》の時に、とても痩せていて！　その場ですぐに調整するしかないので、見えないように（衣裳を）身体にそって留めたりして。「ここはどうしよう、写っちゃまずいよね」と、アートディレクターの岡垣吏紗《おかがきりさ》さんに相談しながら撮影

しました。宣言通りに痩せられたのはプロとして素晴らしいですよね。衣裳的にはその場ですぐ直せないので「ヤバイ、ヤバイ！」と焦《あせ》りました（笑）。その後の撮影でも、更《さら》に細くなっていらしたんです。ご本人が坂口安吾のイメージに合わせようという思いがあったと思うんですが、スーツの直し作業は最後まで大変でした。最終的に公演中も理想の体型をずっと維持《いじ》されていたのが、本当にすごいと思います。

――公演中にキャストさんのサイズが変わることは、あるのでしょうか。

前岡　そういうことはあるみたいですけれど、私も衣裳業者さんも衣裳のチェックをするのは（公演）初日までなので、そこで問題がなければ、あとは現場衣裳さんにお任せしております。

――安吾のスーツも、設定と変更した部分があるのでしょうか。

前岡　スーツに関してはKADOKAWAさんに了承《りょうしょう》をいただいて、ジャケットの後ろ部分にスリットを入れております。後は荒木さんの体型に合わせて、どの丈にするのが綺麗《きれい》なのか判断しながら作っています。荒木さんご自身、美意識が高い方なので、どこをどうすれば綺麗に見えるかを把握《はあく》されていたので、総合的なバランスでうまくいったのかな、と思います。

――最後にこの作品の特徴《とくちょう》である、ドッグスチーム（アンサンブル）の衣裳についても伺えればと思います。やはり、動きやすさが最優先だったんでしょうか。

前岡　スタッフ顔合わせの時に、「ドッグスチームの衣裳はどうしましょうか」という話になったのですが、アンサンブルさんの動きで異能を表すということは事前に聞いていました。中屋敷さん（演出・中屋敷法仁さん）は、便宜上《べんぎじょう》「全身タイツの様に身体にぴったりフィットするものがいい」とおっしゃっていたんですが、それはちょっと難しいかな、と悩《なや》みました。メインのキャストさんたちの衣裳とのギャップが激しいので、色々と相談の上、最終的に黒のタートルネックと黒のパンツスタイルに、「ＫＥＥＰ　ＯＵＴ」という黄色いテープがあるじゃないですか、ああいうものを貼《は》り付けているイメージにしたんです。表面がエナメルっぽい、てかてか光るような素材を、一人一人付け方を変えてデザインしたんですが、照明やプロジェクションマッピングが当たった時に、うまい具合に反射したんですよね。蛇《へび》のうろこみたいにキラキラして見えて、ちょっといいかも、と思いました。

あとアンサンブルのみなさんはひたすら動いているので、衣裳が負担にならないように配慮《はいりょ》しました。第一弾《だん》と第二弾で、トップスは同じなのですがパンツは変えています。第一弾はストレッチの利いたピシッとしたパンツだったんですが、第二弾は兼役《かねやく》でミミック軍を演じるシーンもあるので、ライダーパンツで戦闘服《せんとうふく》のようなテイストにしています。

第三弾はまた他のデザインを考えよう、と思っています。

——第三弾も衣裳に注目して楽しみたいと思います！　楽しいお話をたくさん、ありがとうございました。

スタッフインタビュー　ヘアメイク

古橋香奈子

古橋香奈子【ふるはし・かなこ】

ヘアメイクアーティスト。2014年に株式会社LaRMEを設立。音楽アーティスト、俳優、声優、TV・CMといった広告、ファッション雑誌、2.5次元舞台など、幅広く手掛けている。主な2.5次元舞台作品に舞台『文豪ストレイドッグス』、『刀剣乱舞』、『極上文學』シリーズ、『エン＊ゲキ』シリーズなどがある。

谷口さん（織田作之助役・谷口賢志さん）が、出ずっぱりなので直しのタイミングに困りました

――第一弾のインタビューでは、バンドのお仕事から、舞台《ぶたい》のお仕事に入られたところから、お話を伺《うかが》わせて頂きました。

古橋《ふるはし》　はい。二時間のライブで崩《くず》れないようにヘアセットやメイクするのと、舞台のメイクで求められているものが近いと感じたので、お引き受けするようになりました。

――今回は、改めて第二弾『黒の時代』についても伺いたいと思います。

古橋　よろしくお願いします。

――第一弾は群像劇的なストーリーだったと思うのですが、第二弾はメインが男性三人に絞《しぼ》られていますね。こだわったポイントから伺えればと思います。

古橋　ビジュアル撮影《さつえい》の時に、織田作（織田作之助役・谷口賢志さん）のぴょんと出ている、いわゆるアホ毛にすごくこだわったのを覚えています。あとは髪《かみ》色ですね。普通《ふつう》に撮影すると茶色ですが、光に当たると少し赤色っぽくなるんです。舞台本番で照明が当たった時に、見栄えするように考えて選びました。

――太宰治は、第一弾と第二弾で変えているところがあるのでしょうか。

古橋　多和田さん（太宰治役・多和田任益《ひでや》さん）ご自身から、ヘアセットの時に「こういうのがいい」と第一弾の後にお話があったりしたので、そこは直していますね。

――具体的には、どんなこだわりだったのでしょうか。

古橋　顔のサイド、頬《ほお》の横にかかる髪です。プロデューサーさんによると、アニメでも絶対にかかっているそうなんです。だから本番中でもちゃんと作って、そこが乱れると多和田さんご自身が「直して欲しい」とおっしゃってました。

――『黒の時代』の太宰は、片眼がずっと包帯で隠《かく》れていて、最後にパッと取るシーンがありますよね。でも、包帯を取るシーンの直前では、メイクを直すタイミングがなくて……そのひとつ前のシーンでメイクを直して、包帯もすぐに取り外せるものに変えていました。

――短い時間にメイク直しをしなければならないのは、時間との勝負ですね！

古橋　キャストさんが袖《そで》に入った時にメイク直しをするんですが、谷口さん（織田作之助役・谷口賢志さん）が、出ずっぱりなので直しのタイミングに困りました。捕《つか》まらないので、谷口さん専用のタオルを置いて一瞬《いっしゅん》の合間でも直せるようにしたり。あと織田作は、舞台本番の途中《とちゅう》から整髪《せいはつ》料を一切使わなくなったんです。

――それはどんな理由で？

古橋　ゲネプロ（本番と同じように観客を入れる公開稽古《げいこ》）の時に、汗《あせ》で整髪料が落ちて、谷口さんの目に入って真っ赤になってしまったんです。ご本人は大丈夫《だいじょうぶ》とおっしゃったんですが、やはり演技にも集中できないし、よくないだろうと使うのを止めました。本来は使った方がかっこいいのですけれど、何も使わなかったのは初めてでしたね。代わりにカットを少し変えたり、オーガニックオイルを使ってつやを出したりはしました。舞台を見に来てくれた別のメイクさんに「整髪料は何を使ってるの？」と聞かれて「使ってない」と話したら、とても驚《おどろ》かれましたね（笑）。

髭《ひげ》にこだわりが出てきたのか、「ちょっとアイロンかけてもいいですか」とおっしゃったり（笑）

──第二弾《だん》でも、エリスちゃんの長髪《ちょうはつ》から、種田山頭火の禿頭《とくとう》まで、髪型《かみがた》の再現性が高くて「どうやって作っているのかな」と気になる部分がいっぱいでした。エリスちゃんの巻《まき》髪《がみ》は歩いたり、踊《おど》ったりする時に揺《ゆ》れて、本当に可愛かったです。

古橋　ウィッグは絡《から》みやすいので、エリスちゃん（大渕野々花さん）の髪にはたっぷりの量の整髪料などをつけて、しっとりさせています。パッと見た感じは、そう見えないんですけどね。

種田（種田山頭火役・熊野利哉さん）は、熊野さんがご自身の髪を剃《そ》って下さってるんです。実は禿頭を作るのは大変なんです。かつらは特別注文なので値段も高くなりますし、セットするにも時間がかかる。なので本当に剃って下さって感謝です。メイク時間もかなり短縮されますし（笑）。

――特に苦労した点など、お伺いしたいです。

古橋　安吾（坂口安吾役・荒木宏文さん）は、頭頂部にボリュームが出過ぎてしまったので、ウィッグをばらして、組み替《か》えたりしています。たまにあるんですが、キャストさんに頭の形にそって作り替えるんですよ。

あとは森さん（森鷗外役・窪寺昭さん）の後ろで一つに縛《しば》っている部分が、コートの襟《えり》とぶつかってしまうということがあったんです。縛っている位置を上げようか、でも位置を変えるとキャラ性がずれてしまう気がして……。襟の高いコートって、動くと髪が内側に入ってしまいがちなんです。そこは絵と一緒《いっしょ》には行かない部分ですね。困っていたら窪寺さんが「猫背《ねこぜ》にすればいけるよ！」と言って下さって。もともと森さんの飄々《ひょうひょう》とした雰《ふん》囲気《いき》を出すために、少し猫背気味にしようと考えていらしたそうで、キャラクター性もぶれないし、助かりました。

ほかにも困ったことがあれば、スタッフ同士で調整もしました。音響《おんきょう》さんからウィッグがマイクに触《ふ》れて雑音が入ってしまうと相談があれば、カットしてみたり。本当にその都度、相談、調整でした。

――いろんな工夫の上に、あの素敵なビジュアルが成り立っているんですね。第二弾では髭のあるキャラも多いのですが、キャストさんたちの髭は付け髭なんでしょうか。

古橋　広津（広津柳浪役・加藤ひろたかさん）はそうですね。ウィッグと同じ色のものを使って作っています。ビジュアル撮影の時は、顔に専用ののりで貼《は》り付けていますが、舞台本番はバーテンダーとの兼役《かねやく》でいらして、早着替えがあるので強力なテープで貼っています。

――そうなんですね！　バーテンダーと広津では髪型が全く違《ちが》うと思うのですが、どういう風になっているんですか？

古橋　早着替えに使える時間がすごく短いので、広津のウィッグの上からバーテンダーのウィッグを被《かぶ》って頂きました。最初は角度によっては、広津のウィッグの色が見えてしまうので、バーテンダーの襟足《えりあし》を伸《の》ばしたりという調整もしました。

――織田作と種田も髭がありますが、こちらは？

古橋　お二人は、ご自身の髭でした。

谷口さんは、かっこいい無精髭《ぶしょうひげ》になるようにご自身で調整して下さってました。

熊野さんも、日に日に髭にこだわりが出てきたのか、ご自身で「ちょっとアイロンかけてもいいですか」とおっしゃったり、スプレーかけたりしていらっしゃいましたね（笑）。

スタッフさんたちと一緒に舞台本番を創り上げるのが、とても楽しいです

――メイクについても伺いたいと思います。広津などは、演じた加藤さんは若いのにすごく貫禄《かんろく》が出ていたと思います。やはりメイクの時に気をつけたりされていたんでしょうか。

古橋　広津は目元や口元に皺《しわ》を描いています。ご本人の肌《はだ》があまりにもツヤツヤで、その

ままだと年齢《ねんれい》感が全然出ないので。

――メイクは顔以外の、たとえば手にすることもあるんですか？

古橋　手にメイクすると衣裳《いしょう》についてしまうので、基本はやらないです。今回はジイド（林野健志さん）が肌が褐色《かっしょく》っぽいですが、顔だけメイクしています。

――ヘアメイクの現場は、やはり複数のスタッフさんで担当されているんでしょうか。

古橋　そうです。何人体制と決めたら、その人数でまわします。どうしても都合がつかなくて、スタッフさんが入れ替わったりもします。

　私も、どうしても別の現場と被ってしまって全ての公演に入れないこともあるので、写真に何を使っているか書き込んだヘアセットのポイントとメイクの説明書きを渡《わた》して、別の方に引き継《つ》いだりもします。本当に頂いたお仕事のスケジュール次第で、初日と千秋楽はこっち、みたいに全国を行ったり来たりします。

――お仕事次第で、どこへでも行かれるんですね。

古橋　体力勝負の部分もあります（笑）。ヘアメイクのアシスタントさんには「本当にメイクが好きじゃないと続かないよ」と話しています。

――お仕事道具は、その都度持ち歩かれるんですよね。

古橋　はい。だいたい三十キロくらいかな。

――すごい重さですね！

古橋　現場がエレベーターがないところだと最悪です（笑）。舞台《ぶたい》のお仕事は、楽屋のメイクスペースにずっと置いておけるので、そういう意味では楽ですね。

――お話を伺《うかが》うと、本当にとても大変なお仕事だなと思います。

古橋　そうですね。でもやり甲斐《がい》もあります。舞台は見るのも好きですが、やっぱりスタッフさんたちと一緒に舞台本番を創り上げるのが、とても楽しいです。第一弾《だん》のインタビューで「本番を通して見たことがない」とお話しさせて頂いたんですが、それが全然気にならないくらい、本当に楽しいです！

――ありがとうございました。

特別鼎談

原作　朝霧カフカ

演出　中屋敷法仁

脚本　御笠ノ忠次

／ CONVERSATION

朝霧カフカ【あさぎり・かふか】

1984年3月17日生まれ。愛媛県出身。

シナリオライター。『文豪ストレイドッグス』、『汐ノ宮綾音は間違えない。』、『水瀬陽夢と本当はこわいクトゥルフ神話』（全てKADOKAWA）のコミック原作や、小説『ギルドレ』（講談社）を手掛ける。

中屋敷法仁【なかやしき・のりひと】

1984年4月4日生まれ、青森県出身。

劇団「柿喰う客」代表。劇団公演では本公演の他に“こどもと観る演劇プロジェクト”や女優のみによるシェイクスピアの上演企画“女体シェイクスピア”なども手掛ける一方、近年では、外部プロデュース作品も多数演出。舞台『黒子のバスケ』（脚本・演出）、『ハイキュー!!“頂の景色”』（脚本）、舞台『文豪ストレイドッグス』（演出）ほか、数多くの演劇作品を手掛ける。

御笠ノ忠次【みかさの・ちゅうじ】

1980年7月24日生まれ、千葉県出身。

脚本家、演出家。Spacenoid Company代表。主な脚本作品：ミュージカル『刀剣乱舞』、舞台『文豪ストレイドッグス』、TVアニメ『東京喰種』シリーズ、他。

第二弾の舞台だからこそ、できたこと

──今日は原作者の朝霧カフカさん、脚本《きゃくほん》を手がける御笠ノ忠次さん、演出を手がける中屋敷法仁さんにお集まりいただきました。前月発売の舞台『文豪《ぶんごう》ストレイドッグス』第一弾では、それぞれが舞台にどのように関わられているのかを真摯《しんし》に語って頂いたので、ぜひ、読者の皆《みな》さまにはそちらもお読み頂けたらと思います。その上で、今日は第二弾『黒の時代』について伺います。

朝霧　舞台の二作目をやるなら、絶対コレだよね、と思っていたので、ものすごく嬉《うれ》しかったです。

御笠ノ　これはずっと朝霧先生に言っていたことなんですが、もともと男同士の物語が大好きなので、僕はいちばん『黒の時代』の脚本を書きたかったんです。ただ、第一弾の鼎談でも話した通り、いろいろと足していった第一弾とは逆で、引き算の仕事でした。要となる織田作之助（谷口賢志さん）と太宰治（多和田秀弥さん）と坂口安吾（荒木宏文さん）の関係を浮《う》きぼりにして、研《と》ぎ澄《す》ませるためにどんどん削《そ》いでいくことを心がけました。何よりも自分の得意な世界観がこの作品だったから楽しい作業でした。改めて、もの

すごくハードボイルドな物語でしたね。

中屋敷　僕は実は初めてのことでしたが、アニメの絵コンテを見せて頂きました。舞台『文豪ストレイドッグス』の原作はアニメですが、アニメっていきなりアニメがあるのではなく、絵コンテがあり、そこからいろいろな方の力によって作られているものです。そのいちばん初めにある、ある意味、原作の原作みたいなものに触《ふ》れたかったんですよね。僕はアニメーターではありませんが、見せて頂いて思ったのは「ものすごく楽しんで作られている」ということでした。もちろん苦しんで考えている様子も読み取れるんですが、それすらも全部、楽しんでいる感じがして。だから、僕もこの作品を楽しんで「演劇」という形にしたいと改めて思いました。

――休憩《きゅうけい》をはさんで二幕形式でつづられた第一弾とはまた異なり、一幕にぎゅっとつまった美しい舞台だったと感じます。脚本で心がけたことはありますか？

御笠ノ　ジイド（林野健志さん）を掘《ほ》り下げたかったんです。それは僕の方から朝霧先生に「そういう風に作ってもいいですか？」と、お伺いしました。なぜなら、ジイドの人間性がもっと見えてもいいのかな、と思ったからです。

これは先にアニメがすでに放送されてから舞台を創るという点で有利な部分ですが、観に来てくださる方々がある程度、作品世界をわかっていて下さるんです。なので、その前提で、もう少しジイドや彼の仲間の置かれた立場や胸の内が垣間見《かいまみ》えたほうが織田作と対《たい》峙《じ》した時に、悲哀《ひあい》や切なさみたいなものが見えるんじゃないかな、と考えました。

——確かに後半、ジイドがなぜ、自分たちが戦いに身を投じたかを切々と語ります。

御笠ノ　決して、ただ「敵ですよ」という記号的な存在ではないから、そこは厚みを出したかったんです。

——さらに演劇的演出というと、織田作之助が子どもたちのもとを訪れる場面（※【12】輸入承認事務所、131頁）です。子どもたちがバスに無理やり乗せられてさらわれてしまう場面で、エリスちゃん（大渕野々花さん）がにこにこと小道具の小さなバスを手に登場します。

中屋敷　あれは演劇ならではの表現です。演劇は観客自身が、舞台《ぶたい》上の見たい箇所《かしょ》を選べます。そして人間の視野って広いので見ているもの以外も見えてしまう。いろいろな場面が錯綜《さくそう》するんです。そんな風に真剣《しんけん》に見入っている時に、ふいにエリスちゃんがふわふわと横切ることで、え？　みたいな攪乱《かくらん》を起こしたかったんです。

　なので、あの場面は実はめちゃくちゃ見にくいんです。エリスちゃんが出てきて、さらに映像もあって、情報量の多さが織田作の混乱している感じにつながればいいな、と。逆にその前の、織田作が子どもたちにお菓子《かし》を持ってくるシーンは彼がひとりで佇《たたず》んでいて、ものすごく見やすく作りました。そういうことができるのは、やっぱり物語に筋が通っていて、それぞれの心情がぶれずに描《えが》かれているからで、見せ方に関しては映像チームともすごく話しました。

『黒の時代』はキャストが九人と少なく、いずれも信頼《しんらい》できる方々だったので、俳優それぞれのポテンシャルにとても助けてもらいました。

――台詞《せりふ》量も膨大《ぼうだい》でした。

中屋敷　僕は谷口賢志さん（織田作之助役）に怒《おこ》られました（笑）。

御笠ノ　それは僕のせいでもあるんですけれど（笑）。でも、できると思ったんですよね。谷口さんと面識はありませんでしたが、出演作は観たことがあったので、「谷口賢志ならやれる！」と。ただ、それを谷口さんが人づてで聞いたらしくて、初めてお会いしたときに「この台詞量は僕への挑戦状《ちょうせんじょう》だと思って受け止めます！」と言って頂きました。

――台詞で言うと、「この単語を言葉にしたときに、観客に意味が伝わるかどうか」といったことは考えますか？　たとえば漢字がちがうけれど、同じ発音であるとか、難しい言い回しをわかりやすく変えるといった気配りはされるのでしょうか。

朝霧・御笠ノ・中屋敷　ああー……。

御笠ノ　そういう事が必要な場合もあるかもしれないけれど、この作品に関しては実はあまり気にしてないです。
中屋敷　僕もです。というのも、難しい言い回しの台詞がそのまま俳優さんへの緊張感《きんちょうかん》へとつながるからです。「普通《ふつう》はこういう言い回しをしないから、台詞を変えましょう」という俳優がいたら、それは単に、自分が楽をしたいだけの場合が少なくない。たとえば「そなたを愛している」というような台詞をシンプルに「好き」に変えるのではなく、いかにして普段《ふだん》使わない言葉と向き合い、その台詞を言うか、で俳優自身のポテンシャルが見えてくると思うんです。なので、むしろ難しい台詞がきた時は、「お、これは俳優に対する挑発《ちょうはつ》だな」と思って受けて立つことにしています。
御笠ノ　特にこの作品は「文豪の名前を持つキャラクター」が登場するから、その文豪ならではの「文体」がことさらに大切だと思っているんだけど、舞台化するときにわりと「文体」って無視されがちなんですよね。
中屋敷　わかります。
御笠ノ　だから、演劇の脚本って、本当は文体を重視するべきなんです。でも、一方で、それは些末《さまつ》なことでもある。たとえばシェイクスピア作品には膨大に出てくる小難しい長い台詞がたくさんあるけれど、その全部の意味を捉《とら》えて聞いている人は少ないと思うんです。でも、その登場人物の感情の流れがしっかりしていて俳優が表現できていたら、多少、意味が理解できなくても気持ちは伝わるし、最終的にはどういうお話だったかはわかってもらえるものなんですよ。

だから感情の流れがきちんとしていたら、あえて文体をわかりやすくしてあげる必要はないと思うし、演じる力で言葉は届く、と思っています。というか、最初からわかりやすくしようなんて思ったこともなくて。

朝霧　そこはむしろ、そうして欲しいし、とても嬉しいことです。

御笠ノ　僕は先生の単語の選び方がものすごく好きなので、そのあたりは丸ごと織り込みたいと思っています。何だったら、むしろちょっと難しくしているかもしれない（笑）。

中屋敷　でも確かに、俳優たちは自分の感情の流れについて、より一層深く向き合うように取り組んでいたと思います。

誰《だれ》も観たことのない舞台を創りたくて

——朝霧さんが舞台をご覧になっての感想を伺《うかが》います。

朝霧　いーっぱい、あるんですけど……。

——では、三つ、お願いします。

朝霧　皆さん、素晴らしかったんですが、森鷗外役の窪寺昭さんの演技がとても好きで。窪寺さんと話す機会があって、ものすごく感動したことがあったんです。

鷗外は組織のトップとして冷徹《れいてつ》な一面を見せなければならなくて、厳しく在らねばならないんだけど、時折、ふっと過去の思いや自分の内面に触れる瞬間《しゅんかん》があって、その時、彼は自分の手を触《さわ》って眺《なが》めているんです……という話をして下さって衝撃《しょうげき》を受けました。トップとしての森鷗外ではなく、人間の森鷗外として存在する瞬間を俳優自身が考えて役を育んでいく。そんなことができるメディアって、なんと羨《うらや》ましいんだ……！　と。些細《ささい》な仕草ひとつまで考え抜《ぬ》いて、その仕草があることで舞台上の物語だけでなく、その前にも終わった先にも彼の人生は続いているんだ……って思わせてくれる。演劇ってとんでもないな、羨ましいなと思いました。

――それは同じ表現する者として？

朝霧　そうです。僕はこのキャラクターはどう動くのかな、といったことを考えることが仕事ですが、キャラクター側から提案されることはないから。なんか、めちゃくちゃ羨ましかったです。

――素敵なお話です。続けて二つ目を教えてください。

朝霧　脚本《きゃくほん》で作品に込めたものをものすごく汲《く》んでいただいて、さらに舞台上でその世界を増幅《ぞうふく》して観せていただきました。ただひとつだけ、アニメでも舞台でも構造的にできないだろうことを僕は小説で織り込んでいたんです。

それは失踪《しっそう》した坂口安吾の部屋を織田作が捜査《そうさ》に行って、ミミックの襲撃《しゅうげき》にあって太宰が撃《う》たれそこなった場面（※【4】安吾の部屋、59頁）です。小説では地の文で、織田作がそんなふうにある意味、自暴自棄《じぼうじき》な行動を取ってしまう太宰に対して「殴《なぐ》ってでも更生《こうせい》させるべきかどうか」といった逡巡《しゅんじゅん》を書いていて、実はそれが後々、太宰が選ぶ道に関わっていきます。それをどうにか舞台で伝えられないか、と考えていたんです。そこで「実は織田作は自身の異能で太宰を殴る未来を見た、でも実際には殴らなかった」というのはどうだろう、という話をしていたんです。そうしたら、中屋敷さんがその場面を盛り込んだ演出を作ってくれました。

――舞台では異能で見た未来の中とはいえ殴られた太宰の頭に、自分が殴ってしまった感覚のある織田作が、優しく手をかけている姿が印象的でした。

中屋敷　ああ、そうでした。あそこはもともと脚本の初稿《しょこう》には……。

御笠ノ　書いてないですね。打ち合わせの時に朝霧先生からご提案があって、脚本の最終《さいしゅう》稿《こう》に入れているんです。

朝霧　でも、そこをあんなふうに作ってもらえたことがとても嬉《うれ》しくて。ただ、あとから

谷口さんが「あのシーンですけど、太宰の頭を殴っちゃってよかったんでしょうか……」と気にされていて、「いや、そこはむしろ大切なんだよ」と伝えましたが、そういうやり取りができることも面白い体験でした。

御笠ノ　それで言うと、脚本にはなかったんですが、最後に太宰がひとりでバーにいる場面（※【22】エピローグ、195頁）で、織田作がその頭にぽん、と手をおいてなでる場面があって。

それを観たときに「僕は書いていないけれど、谷口さんのなかでそういう衝動《しょうどう》が生まれたんだな、それは止められないものだろうな」と納得できました。

朝霧　そうか……あれは谷口さんから生ま

れたんですね。

中屋敷　確かに谷口さんからの発信ですが、一概《いちがい》に谷口さんだけ、というわけでは無いと思います。

これは誤解を招かず説明することがとても難しいんですが、俳優は、必ずしもお客さまに褒《ほ》められたいから演じるわけでもないんですよね。単に人前に出てモテたいとか、人気者になりたいという思いだけでは続けることができない仕事だから。なので、あの場面は「こうしたら受けるんじゃないか」とか「脚本にないことをやってやるぜ」といったことではなく、『文豪《ぶんごう》ストレイドッグス』という世界のなかで一ヶ月以上稽古《けいこ》を続けて役と深く向き合った結果の「太宰と織田作の関係がああいう形になった」ということだと思うんです。僕らは確かに演劇を創るけれど、実際に舞台《ぶたい》上で表現するのは俳優というクリエイターです。それを客席で受け止める観客もある意味、クリエイターだと思うんです。だから、そこは自身でどういう意味だったのか？　と考えてもらいたいと願っています。もしかしたら太宰の幻影《げんえい》だったかもしれないし、織田作が望んだことだったかもしれないし。

朝霧　……やっぱり羨ましい……いいなあ、演劇！　だって託《たく》した役を俳優が苦悩《くのう》して稽古から本番までだけでなく公演中も一緒《いっしょ》にキャラクターを育ててくれるなんて、幸せすぎますよ。最高じゃないですか……！

御笠ノ　実際、演劇ってナマモノだから、毎日違《ちが》っていいし、それが面白いし、いっそ、その瞬間の衝動で演《や》ってしまっていいと思うんです。その日、谷口さんがそう思ったのであれば、きっとそれが織田作なんですよね。

中屋敷　だから、どう取って頂いてもいいと思います。

――そして三つ目をお願いします。

朝霧　これもまた谷口さんの話になっちゃいますが、とにかく織田作がかっこよくて。男三人がバーで集う空気感がものすごくよくて……あの場面こそが、そもそも『黒の時代』とは何か？　というシーンでした。だから全体的な感想になってしまいますが、あの空気感を演劇であそこまできちんと見せて頂けたことが、たまらなく嬉しいことでした。

互《たが》いが互いを信頼《しんらい》しているからこそ生まれた舞台です

――最後に一言いただきます。まずは中屋敷さんからお二人へお願いします。

中屋敷　僕は演出家なので、稽古場からこの作品に参加するわけですが、まず、なにが楽しいかって、僕が決めていかなくてはならないことよりも周りからの提案がものすごく多いことです。「この原作は面白いから、自分たちでもっと面白くしようぜ」という勢いがすごい。僕は演出家として、こうして偉《えら》そうに前に立たせてもらっていますが、実はそういったフィールドを作ってくれているのは原作の力なので、その世界を生んでくださった朝霧先生には深く感謝していますし、とても豊かな現場だったと感じています。

また、その原作を演劇という形に翻訳《ほんやく》することはとてつもない作業だったと思いますが、第一弾《だん》、第二弾とすばらしい脚本を書いてくださった御笠ノさんと一緒に、舞台化に挑《いど》めた体験は貴重でした。次もよろしくお願いいたします！

朝霧　僕は舞台の第一弾、第二弾を中屋敷さんに手がけていただいてから、実は密かに中屋敷さんの舞台を観に行っているんです。それもプロデューサーにチケットの手配をお願いするということではなく、自分で予約してコンビニで発券して、ひゅーっと観て、ひゅーっと帰ってくることが増えました（笑）。だって「先生です」とか紹介《しょうかい》されて行くのが嫌《いや》で、ひとりの観客として観たかったから！

中屋敷　そうなんですよ。一言、言ってくだされば……。

朝霧　だって、この機会でより演劇が好きになったし、だから限られた時間でなにかを観ようと思ったら、やっぱり中屋敷さんの作品だな！　となってしまうわけですよ。だからこれからもよろしくお願いいたします。

中屋敷　ありがとうございます。
御笠ノ　僕からは中屋敷さんに、これからも最先端《さいせんたん》、というか最前線……いや、矢面（笑）に立って演劇をよろしくお願いします、と言っておきます。僕はその後ろから付いていきます！
中屋敷　ああっ、そういえば御笠ノさんは何かと僕を矢面に立たせようとしますよね（笑）！一見、持ち上げられているように見えるけど、実はイジられているというか……（一同爆笑《ばくしょう》）。
御笠ノ　バレた（笑）。何より、中屋敷さんとは「演劇」の話ができることが嬉しいんです。
中屋敷　それはわかります。みんな、演劇への入り口がちがうし、考え方も経験もちがうから、同じ感覚で話せることは貴重です。
朝霧　そういうものなんですか？
御笠ノ　はい。ただ、上から目線で「演劇ってこういうものだから」という話をするということではなく、演劇に関して共通言語で話して進んでいける人なので、これからも、お互いのセクションで新たな作品を作っていきたいです。
　朝霧先生は、この舞台が縁《えん》でご一緒させて頂いていますが、もっとがっつりなにかを創り上げたいと思っている方だと思っています。というか、いっそ「脚本《きゃくほん》を書いちゃえば？」と言っているんですけどね。

朝霧　いやいや、そんな畏《おそ》れ多い……。

御笠ノ　いえいえ、こんなに演劇にリスペクトを持ってくださっている方は貴重ですし、きっと書く力をお持ちだと思うので、書く気になられたら、いつでも力になります！　という話をよくしています。なので、お待ちしています。

朝霧　僕は最近、気付いたことがあって。『文豪ストレイドッグス』がいろいろな形で展開する機会が増えて、たいていは「好きにしてください」と申し上げているんです。それこそ『文豪ストレイドッグス』らしささえ、損なわれなければ本当にどうして頂いても構わないんです。でも、どうも、その『文豪ストレイドッグス』らしさ、に対して求めるレベルがものすごく高いらしいんですよね（笑）。

——大変恐縮《きょうしゅく》ですが、もともとご自身の創作リテラシー的なものはものすごく高い方だと、現場は思っているかと（隣《となり》で担当編集が「先生、本当に今さらです！」と、大きくうなずく）。

朝霧　いや、あの、そうなんですけど！　そうなんですけどね、今まで気付かないくらい周りのクリエイターの方々に恵《めぐ》まれていたんですよ。あの、そんなに難しいことをお願いしているわけではなくて、エンターテイメントである、キャラクターである、でも、最後は文学である、という三つを守って欲しいんですよ。

御笠ノさんは、そこにものすごく高いクオリティーで応えてくださる方なんです。実は今日、初めて言いましたが、今の三つを言わずに、ただ「好きにしてください」と言って伝わる。何だったら、ノーチェックでもいいくらいです。『黒の時代』でも、ここは変えてください、とお願いしたことはひとつもありませんでした。

御笠ノ　僕は何があっても原作を大切にしたいので、朝霧先生が創り上げた世界をできるだけ忠実に「演劇」にしたいと考えていて、それだけを目指しています。2・5次元というか原作があるものを演劇に起こすというのは、まだまだ新しい文化だと思うので、これからも一緒に新たな世界を見たいです。

――最後に読者のみなさまに一言、お願いします。

朝霧　僕が指針にしている言葉があって、ある本に書いてあったことをそのまま実践《じっせん》していて、「物語には七％～十四％、わからないものが入っていなければならない」ということをルールとしています。実は、その大切なものを明かさないまま、新たな展開を手がける方々にお渡《わた》しする、という本当に難しいことをお願いしているんですね。

そのわからない大切なところを、わからないまま、でも、きっとなにかがあるんだろうな、と感じ取って頂き「演劇」にして頂いたという、とても贅沢《ぜいたく》な経験をさせて頂きました。その大切なものが詰《つ》まっている作品を世に送り出せることが幸せです。

御笠ノ　脚本が出版される、それも文庫の形で、ということは実はものすごいことだと思っています。もしかしたら、作品を好きな方だけでなく、演劇を志す方も手に取って下さるかもしれない。
　ですので、もし読んで少しでも面白いな、と思って下さったら、自分が演出するならどうするだろうとか、そういったことも想像してみて欲しいです。

中屋敷　『文豪《ぶんごう》ストレイドッグス』の創作・公演は、クリエイターとしてかけがえのない財産となりました。その源泉となった脚本の出版を心から喜んでいます。また『文豪ストレイドッグス』が漫画《まんが》、アニメ、小説だけでなく、演劇文化の発展に大きな影響《えいきょう》を与《あた》えることを願ってやみません。この脚本をお手に取って下さった皆様《みなさま》が、劇場に足を運ぶ新たな喜びや楽しみを感じて頂けたら幸いです。

鼎談《ていだん》ライティング／おーちようこ

アニメスタッフコメント／スペシャルイラスト

五十嵐卓哉 ―アニメーション監督

これは僕の私見ですが…と前置きした上で、舞台《ぶたい》はアニメよりも小説に近いと感じた。

舞台の上に存在しないものを、舞台の造形及《およ》び演出力、そして役者さんの芝居《しばい》で其れと想像させる手法……。

そこには、小説の中に在る「行間」と同義の表現力がある。

ある意味、物事と事象を「絵」と云《い》う力で限定していくアニメとは、真逆の作り方だ。

只《ただ》、同じモノもある。

物語の中から感情を引っ張り出し、「音楽」と「効果音」……。

そして何より、キャラクター達の織り成す豊かな表情で其れを「見てくれる人達」に定着させる……。

舞台やアニメで「物語を紡《つむ》ぐ」と云うのは、きっとそう云う事なのだろう。

僕の様な愚鈍《ぐどん》な人間が「鳥肌《とりはだ》が立つ」経験をするコトはそう無い。

そして『文豪ストレイドッグス　黒の時代』…この舞台の中には確実に「其れ」が在る。

次の舞台も必ず伺《うかが》います。

素敵な舞台…そして、胸の中に残る忘れられない『痛み』をありがとう御座《ござ》いました。

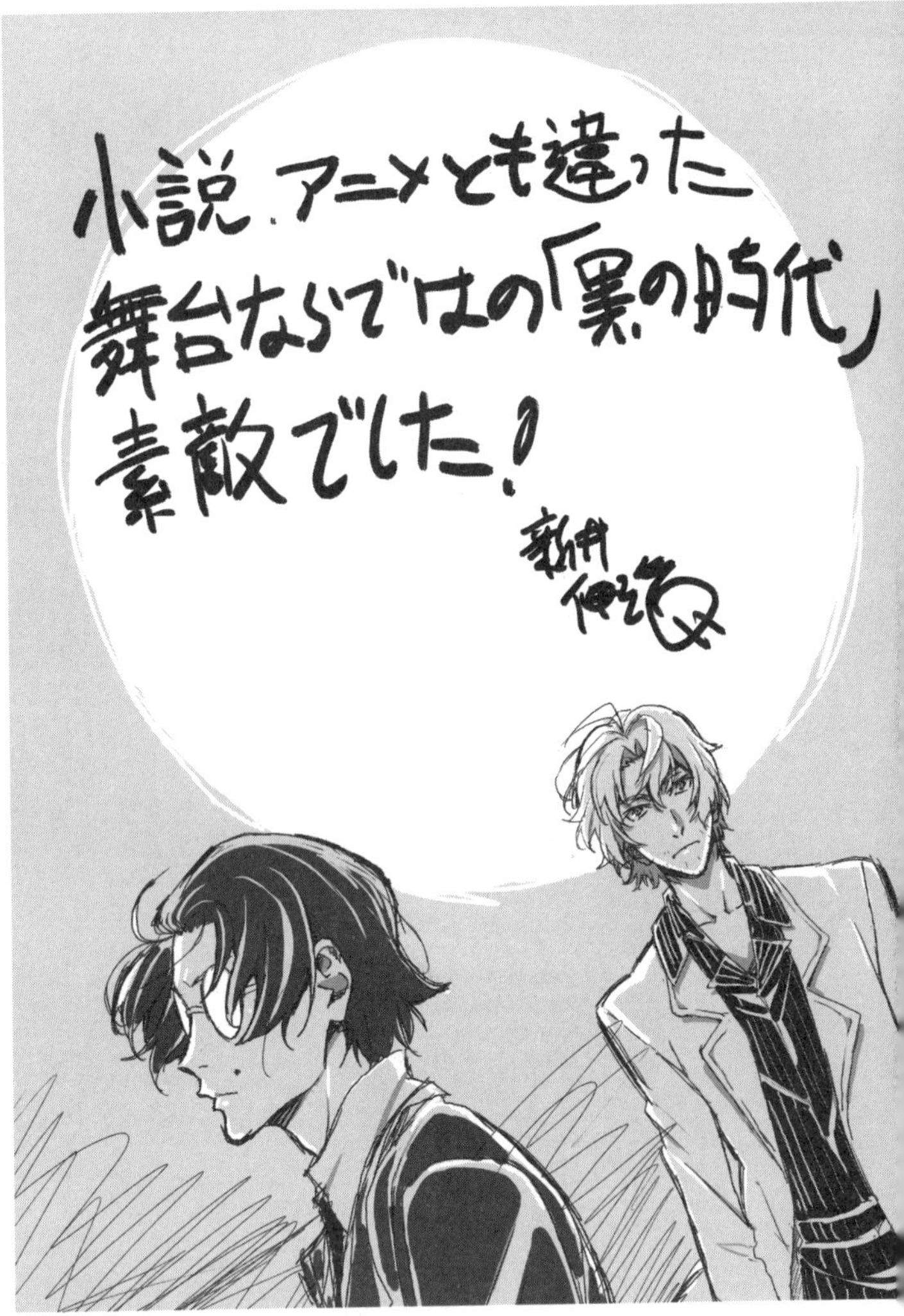
小説、アニメとも違った
舞台ならではの「黒の時代」
素敵でした！
新井伸浩

新井伸浩｜キャラクターデザイン・総作画監督

■協力　　ゴーチ・ブラザーズ

渡木翔紀（ボンズ）

野澤文愛

森田恵美子（東京衣裳）
市橋由規子
杉山浩美

宣伝美術　岡垣吏紗（Gene & Fred）
宣伝写真　上村可織（Un.inc）
進行管理　福田明日香（Gene & Fred）
宣伝美術協力　Gene & Fred

進行管理協力　木下夕菜（KADOKAWA）

舞台「文豪ストレイドッグス　黒の時代」製作委員会
KADOKAWA
バンダイナムコライブクリエイティブ
ゴーチ・ブラザーズ
バンダイナムコアーツ
ボンズ
ムービック

アーティストマネジメント
SOS Entertainments
GVjp
ワタナベエンターテインメント
ジャスティスジャパンエンターテイメント
SRプロダクション
エイベックス・マネジメント
バウムアンドクーヘン
ロックスター
ジャパンアクションエンタープライズ

舞台「文豪ストレイドッグス　黒の時代」
SCENARIO AND INTERVIEW BOOK スペシャルサンクス

舞台
文豪ストレイドッグス
Bungo Stray Dogs on Stage
黒の時代

原作　テレビアニメ「文豪ストレイドッグス」
演出　中屋敷法仁
脚本　御笠ノ忠次
協力　朝霧カフカ
春河３５

■インタビュー＆コメント寄稿
原作者　朝霧カフカ
脚本家　御笠ノ忠次
演出家　中屋敷法仁

織田作之助役　谷口賢志
太宰　治　役　多和田任益
坂口安吾　役　荒木宏文

アニメーション監督　五十嵐卓哉
キャラクターデザイン・総作画監督　新井伸浩

衣裳　前岡直子
ヘアメイク　古橋香奈子

「舞台　文豪ストレイドッグス　黒の時代　SCENARIO AND INTERVIEW BOOK」の感想をお寄せください。
おたよりのあて先
〒102-8078　東京都千代田区富士見1-8-19
株式会社KADOKAWA　角川ビーンズ文庫編集部気付
「御笠ノ忠次」先生・「朝霧カフカ」先生
また、編集部へのご意見ご希望は、同じ住所で「ビーンズ文庫編集部」
までお寄せください。

BEANS BUNKO

舞台《ぶたい》　文豪《ぶんごう》ストレイドッグス　黒《くろ》の時代《じだい》　SCENARIO AND INTERVIEW BOOK《シナリオ アンド インタビュー ブック》

作／舞台《ぶたい》「文豪《ぶんごう》ストレイドッグス　黒《くろ》の時代《じだい》」製作《せいさく》委員会《いいんかい》　著／御笠《みかさ》ノ《の》忠次《ちゅうじ》

原作／朝霧《あさぎり》カフカ　編／角川《かどかわ》ビーンズ文庫《ぶんこ》編集部《へんしゅうぶ》

角川ビーンズ文庫　21697

令和元年７月１日　初版発行

発行者――――三坂泰二
発　行――――株式会社KADOKAWA
〒102-8177　東京都千代田区富士見2-13-3
電話 0570-002-301（ナビダイヤル）
印刷所――――株式会社暁印刷
製本所――――株式会社ビルディング・ブックセンター
装幀者――――micro fish

ISBN978-4-04-108270-6 C0193 定価はカバーに表示してあります。　◇◇◇

アニメから舞台へ――

舞台化の軌跡が1冊に！

舞台　文豪ストレイドッグス
SCENARIO AND INTERVIEW BOOK

作／舞台「文豪ストレイドッグス」製作委員会

著／御笠ノ忠次　原作／朝霧カフカ　編／角川ビーンズ文庫編集部

収録内容

1. 脚本最終稿を全編収録
2. キャスト録り下ろしインタビュー
3. 衣裳&ヘアメイクスタッフ録り下ろしインタビュー
4. 原作・朝霧カフカ×演出・中屋敷法仁×脚本・御笠ノ忠次特別鼎談
5. アニメ「文豪ストレイドッグス」スタッフスペシャルコメント
6. 実際の舞台で着用された衣裳写真をフルカラー収録

好評発売中

角川ビーンズ文庫

文豪ストレイドッグス
BEAST
朝霧カフカ
イラスト＝春河35
もし“ポートマフィアの禍狗”芥川龍之介が
武装探偵社に入社していたら？
もし“月下獣”を宿す中島敦が
ポートマフィアに所属していたら？
劇場版公開時に話題を呼んだ
特典小冊子に加筆修正した完全版が登場！
角川ビーンズ文庫

の知られざる物語を
の最強タッグで完全小説化！
◆太宰治の入社試験
探偵社の凸凹コンビ・国木田と太宰の出会い編！
◆太宰治と黒の時代
太宰・芥川の過去が明らかに——マフィア時代編！
文豪ストレイドッグス
Bungo Stray Dogs
朝霧カフカ
イラスト・春河35
55Minutes
文豪ストレイドッグス
Bungo Stray Dogs
朝霧カフカ
文豪ストレイドッグス
Bungo Stray Dogs
朝霧カフカ
イラスト・春河35
太宰治と黒の時代
文豪ストレイドッグス
Bungo Stray Dogs
朝霧カフカ
太宰治の入社試験
発行：株式会社KADOKAWA
角川ビーンズ文庫
KADOKAWA

文豪ストレイドッグス
[デッドアップル]
DEAD APPLE
作＝文豪ストレイドッグスDA製作委員会
著＝岩《いわ》畑《はた》ヒロ
本文イラスト＝銃爺《がんじい》
大人気劇場版アニメを
完全ノベライズ!!
好評発売中！
©2018 朝霧カフカ・春河35/KADOKAWA/文豪ストレイドッグスDA製作委員会
※情報は2018年3月現在のものです。
角川ビーンズ文庫

文豪ストレイドッグス
［デッドアップル］
DEAD APPLE
漫画：銃爺　原作：文豪ストレイドッグスDA製作委員会
夜叉は殺しの権化
それでも私は——。
ヤングエースUP
YOUNG ACE UP
にて連載中!
霧に包まれたヨコハマで、
自らの異能との戦いを強いられる異能力者たち——。
心の奥底で羅生門と戦う事を望んでいた芥川は、
またとない好機に静かに闘志を燃やす。
一方、月下獣と向き合う事に迷いを見せる敦は…。

シリーズ累計750万部突破!!
「文豪ストレイドッグス」
公式アンソロジー第四弾!
絶賛発売中!!
COVER
泳与
COLOR ILLUST
紅柴るづる
柳ゆき助
鈴木小波
COLOR ILLUST
紅柴るづる
柳ゆき助
鈴木小波
COMIC
足立いまる
Nykken
しろいそら
トリヤス
アラキマリ
綾代やしの
otakumi
togekinoko
赤羽ぜろ
かないねこ
橋野サル
木乃ひのき
蛍幻飛鳥
英貴
文豪ストレイドッグス
公式アンソロジー
暁
Bungo Stray Dogs
Official Anthology -Akatsuki-
原作:朝霧カフカ
キャラクター原案:
春河35
編:ヤングエース編集部

文豪ストレイドッグス
公式ギャグスピンオフ!!

大人気作品「文豪ストレイドッグス」の
キャラ達がミニサイズになった！
可愛い敦達による、本編とはひと味
違ったギャグ漫画をお届け☆

文豪ストレイドッグス わん！

原作:朝霧カフカ　漫画:かないねこ　キャラクター原案:春河35

第①～⑤巻絶賛発売中!!

KADOKAWA　Kadokawa Comics A　※2019年7月現在の情報です。

朝霧カフカ原作の「文豪ストレイドッグス」
外伝ミステリ小説をコミック化!!
原作：朝霧カフカ
漫画：泳与
キャラクター原案：春河35
文豪ストレイドッグス外伝
綾辻行人VS.京極夏彦
探偵・綾辻行人&エージェント・辻村深月が命懸けの謎解きに挑む!
「私と同じ時代に生まれたのがお前の失敗だ」
特一級危険異能者　綾辻行人
能力名『Another』
コミックス第1巻絶賛発売中!!
ヤングエースUPにて連載中!　https://web-ace.jp/youngaceup/
Kadokawa Comics A　B6判　※2019年4月現在の情報です。
KADOKAWA

カラーイラストや初期キャラクターデザインなど、
未公開イラストを含む約200点を
春河35のコメントと共に収録！
作品の歴史と想いが綴られた、
「文豪ストレイドッグス」絵画集！
記憶と共に綴られる
春河35初の美麗イラスト集！
文豪ストレイドッグス
楽描手帖